U0868524

教育部2012年人文社科青年项目《海外华人文献与中华文化传承：新马德教紫系文献研究》（项目编号12YJC770008）阶段性成果

华侨大学国际合作横向项目《德教渊源考》（课题经费来源：德教中原寻源中心委员会）阶段性成果

馬貴德南遊集

马贵德 撰

陈景熙 编校

暨南大學出版社
JINAN UNIVERSITY PRESS

中国·广州

图书在版编目（CIP）数据

马贵德南游集/ 马贵德撰；陈景熙编校 . —广州：暨南大学出版社，2014. 1
ISBN 978 -7 -5668 -0903 -2

Ⅰ. ①马… Ⅱ. ①马…②陈… Ⅲ. ①游记—作品集—中国—当代②诗集—中国—当代 Ⅳ. ①I217. 2

中国版本图书馆 CIP 数据核字(2014)第 002677 号

出版发行：暨南大学出版社

地　址：中国广州暨南大学
电　话：总编室（8620）85221601
营销部（8620）85225284　85228291　85228292(邮购)
传　真：(8620）85221583（办公室）　85223774（营销部）
邮　编：510630
网　址：http：//www. jnupress. com　http：//press. jnu. edu. cn

排　版：弓设计
印　刷：佛山市浩文彩色印刷有限公司

开　本：850mm × 1168mm　1/32
印　张：6. 375
字　数：100 千
彩　插：8
版　次：2014 年 1 月第 1 版
印　次：2014 年 1 月第 1 次

定　价：24. 80 元

（暨大版图书如有印装质量问题，请与出版社总编室联系调换）

图 1　马贵德（20 世纪 50 年代摄）

图 2　马贵德（20 世纪 50 年代摄）

图 3　马贵德访问新加坡（20 世纪 50 年代摄）

图 4　马贵德与李怀德合影（1954 年摄）

图 5　马贵德与陈立健等新马德生合影（20 世纪 50 年代摄）

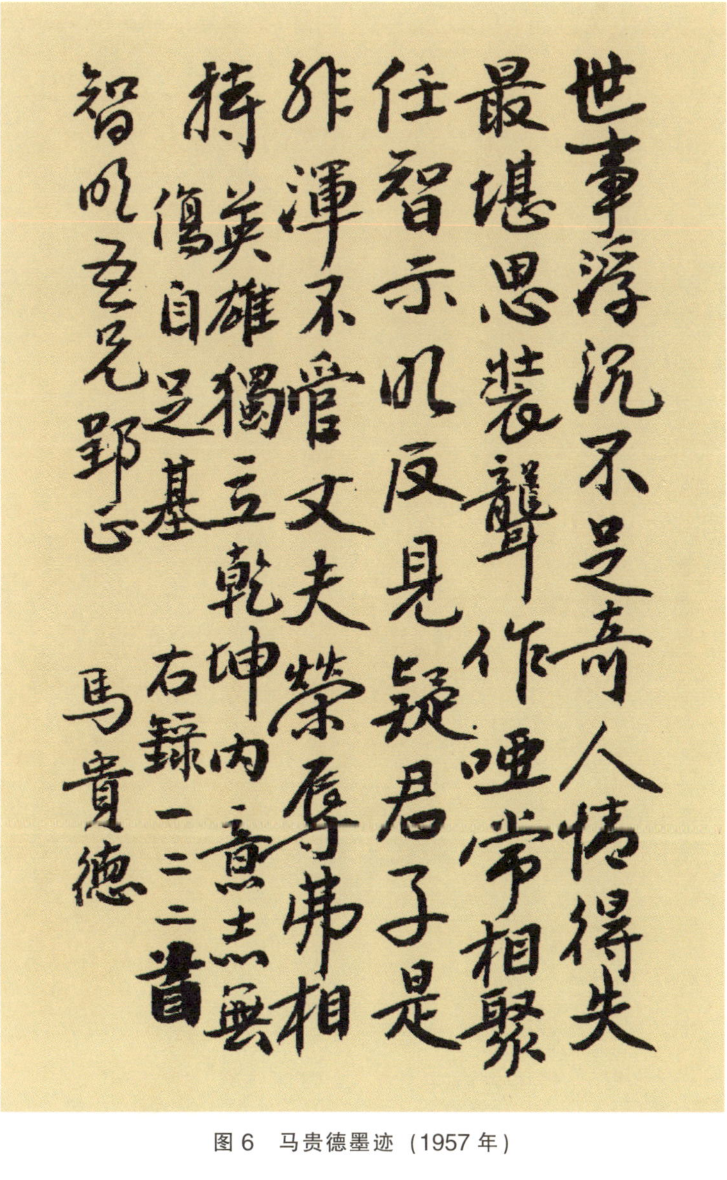

图 6　马贵德墨迹（1957 年）

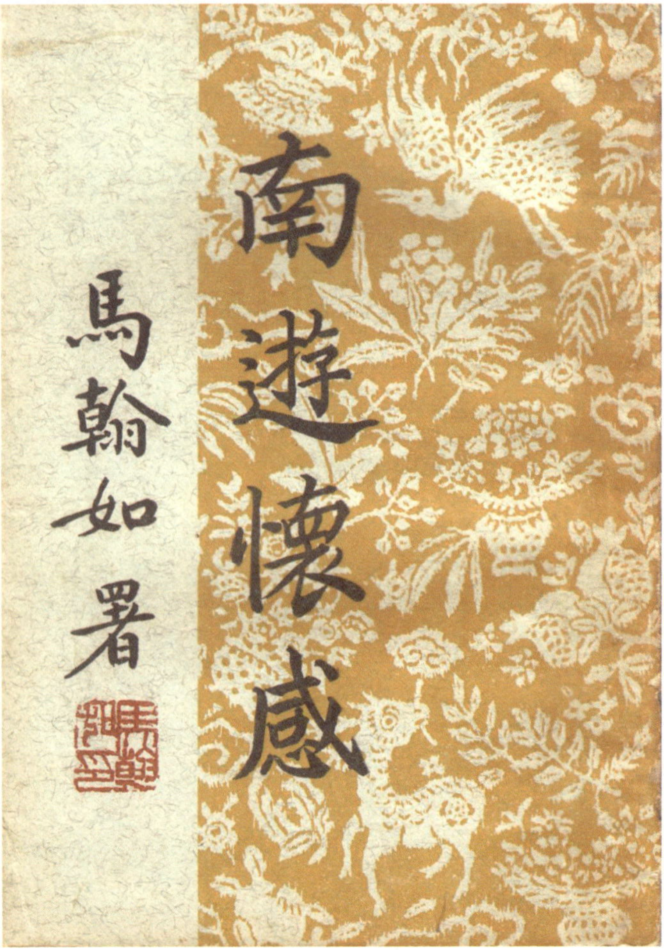

图 7　排印本《南游怀感（上集）》书影（1957 年）

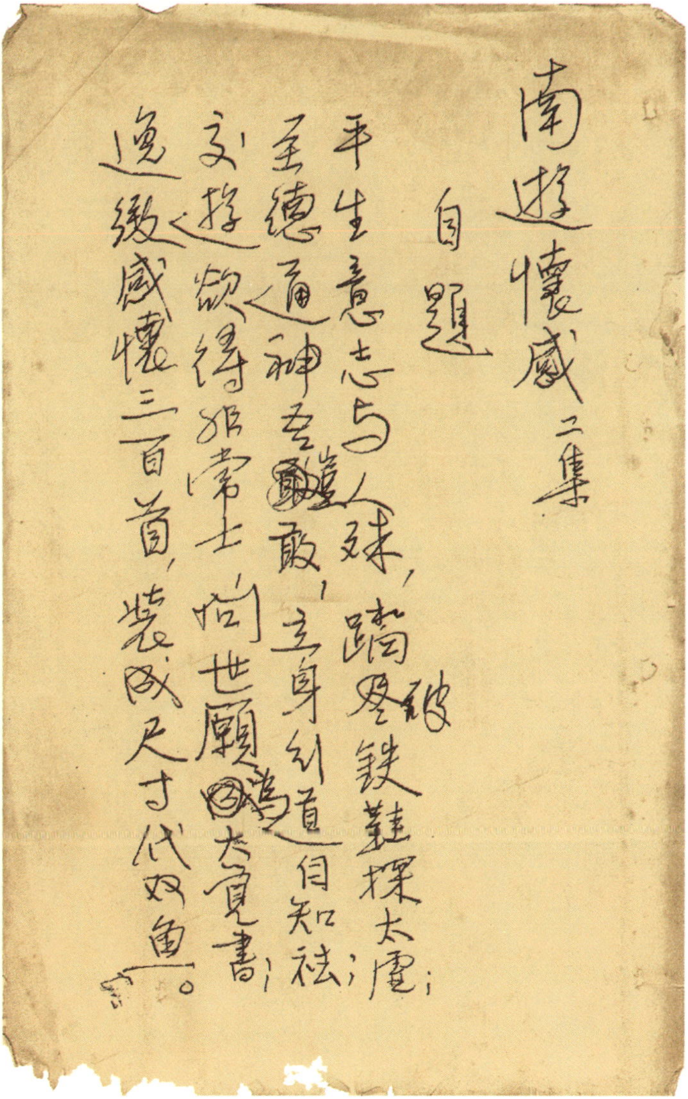

图 8　稿本《南游怀感（二集）》书影（1957 年）

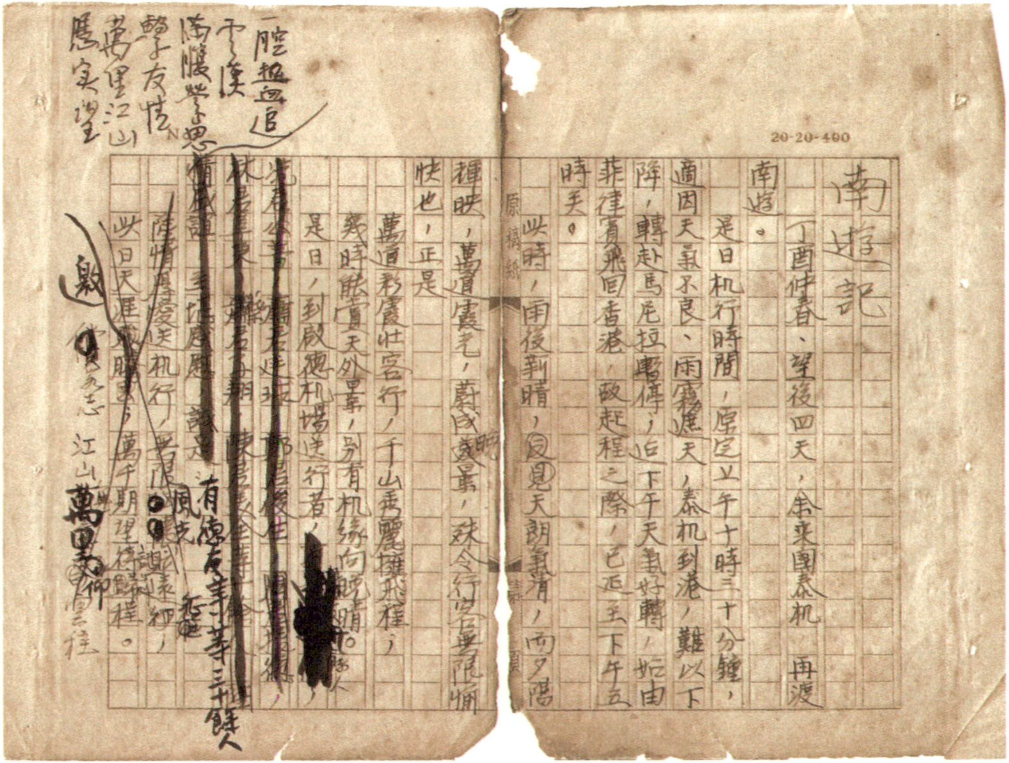

图 9　稿本《南游记》书影（1957 年）

前　言

陈景熙

“德教”（Moral Uplifting Society）是具有国际影响的当代海外华人慈善团体、社会服务机构，在其分布的世界上十几个国家与地区中，特别是在新马泰地区，备受所在国主流社会的赞赏。[①] 近年来，随着当代中国社会服务事业的发展，我国民政部门与广东省相关政府部门开始密切关注新加坡政府主导下的非政府组织积极参与的社会服务体系，与新加坡最大的慈善福利机构和民间福利组织“新加坡德教太和观”展开了良性互动。2011 年广州市委邀

---

① 陈景熙，张禹东．学者观德教．北京：社会科学文献出版社，2011．

请“新加坡德教太和观”参与“中新广州知识城”软件建设，注册成立分支机构，成为第一家在广东省落户的境外社工组织。以“新加坡德教太和观”为案例的政府购买社会服务工作的新加坡经验，还促成了《民政部、财政部关于政府购买社会工作服务的指导意见》（民发〔2012〕196号）的最终出台。

然而，对于该海外华人慈善团体的历史与现状，长期以来，由于各种原因，国内人士知之甚少。为了弥补此项缺憾，本书编校者选取该海外华人慈善家，海外华人社会活动家，旅港潮籍易学家、诗人、中医师马贵德（1915—1983，原名镇清，字翰如）先生完稿于1957年的三部诗文集——《南游怀感（上集　怀星马诸友151首）》（1957年香港德教图书出版社出版）、《南游怀感（二集　怀泰马诸友100首）》（稿本）、《南游记》（1957年马氏泰国之行游记，稿本），经校对、标点，汇编整理而成《马贵德南游集》，希望有助于读者从游记、诗歌的角度，领略20世纪40年代中后期由广东汕头传播至东南亚地区的海外华人慈善团体“德教”在50年代新马泰地区的大致状况，也为华侨华人历史研究，特别是广东华侨史研究、海外华文文学史研究领域提供历史文献。为便于读者诸君知其人而读其书，编校者另外辑录马贵德先生早年著作的三篇序文作为附录，以飨读者。

在文献整理过程中，编校者所确定的《马贵德南游集》凡例是：

其一，依类相聚。

《马贵德南游集》的卷帙，在马贵德先生上述三部诗文集原书、原稿基础上，略作调整：《南游记》保持原状，列为卷一；《南游怀感（上集　怀星马诸友151首）》与《南游怀感（二集　怀泰马诸友100首）》则连类而及，厘为“卷二　南游怀感·怀泰棉诸友”、“卷三　南游怀感·怀星马诸友”、“卷四　南游怀感·暹棉星马各地杂咏”。

其二，已录不赘。

《马贵德南游集》文献来源于马贵德先生的三部诗文集，偶或存在个别诗篇重复现象。经整理后的定稿，删除了重复部分，故此诗歌总篇数，并非三书诗篇数量的直接累计。

其三，校注兼及。

《马贵德南游集》除对马贵德先生三部诗文集进行标点处理外，运用校勘学方法对全书进行校雠，并以页面脚注方式标出校记。与此同时，在校雠过程中，录得马贵德先生于三部诗文集中涂改的文字信息，亦以脚注方式呈现，借以扩展本书的信息量。

其四，统一体例。

马贵德先生的《南游怀感（上集　怀星马诸友151首）》与《南游怀感（二集　怀泰马诸友100首）》两部诗集，标题体例不尽一致。现为划一起见，编校者根据这两部诗集的常见范例，将标题统一为“寄某君某某”，如寄某人赠诗不止一首，则在标题后相应添加（一）、（二）等数码，以示区别。

本书系编校者主持的教育部2012年人文社科青年项目“海外华人文献与中华文化传承：新马德教紫系文献研究”（项目编号：12YJC770008）与华侨大学国际合作横向项目“德教渊源考”（课题经费来源：德教中原寻源中心委员会）的阶段性成果；

编校者对马贵德先生诗文集的整理出版工作，很荣幸地得到其哲嗣马桂旭先生的授权；华侨大学华侨华人研究院2011级专门史专业研究生陈佩燕、胡海、林俊杰、吴昊、许艺燕、张华阳诸君则承担了录入工作。编校者谨向上述机构与个人，由衷敬致谢忱！

古人云，校书如扫落叶；加之编校者的个人因素，《马贵德南游集》在编校方面很可能存在着若干不足之处。编校者垂手侍立，祈望诸位师友不吝赐示教言。

2013年12月3日，岁次癸巳年葭月朔日，于华侨大学华侨华人资料中心。

目　录

卷一　南游记

自　题

十年如梦复如烟[1]，惊觉香江作嫁人。
写尽风光星泰景，不话西域话南滨。

十年一觉香江梦，历尽风尘探远知。
多少人情甘苦味，只留雪爪与鸿泥。

万里路程万卷书，不如长安倒骑驴。
繁华世事徒伤恼，且学谪仙醉酒垆。

倡教扶诗凭夙愿，知音到处喜相陪。
闲情试把南游集，无限思潮稿满堆。

---

① “烟”，原文作“湮”字，以下迳改。

南游记

丁酉仲春，望后四天，余乘国泰机，再度[①]南游。

是日机行时间，原定上午十时三十分钟。适因天气不良，雨雾遮天，泰机到港，难以下降，转赴马尼拉暂停；迨下午天气好转，始由菲律宾飞回香港，故起程之际，已延至下午五时矣。

此时，雨后新晴，天朗气清，而夕阳辉映，万道霞光，蔚成晚景，殊令行客无限愉快也。正是：

万道彩霞壮客行，千山秀丽拥飞程。
几时能赏天外景，别有机缘向晚晴。

是日，到启德机场送行者，有德友等三十余人。[②] 正是：

---

① “度”，原文作“渡”字。

② 原文此处涂去“有□君□□，冼君公普，萧君廷球，郑君俊生，周君振德，林君阜东，蔡君子翔，陈君美全等卅余人”一句。

一腔热血追云汉，满腹萦思系友情。
万里江山凭实望，五湖四海不虚行。

机上共乘客十四人，大多系假道由暹入星洲者，而余则系假道赴棉越再转星马者。机行约三十分钟，天色已逐渐转入黑暗，而一轮七分圆之明月，带同疏落之星光，灿然排列于高空，只闻扎扎机声，而不觉置身①于云层之中也。正是：

万里长空赏碧辉，有缘星月亦相随。
浩然天际无阻隔，赛似金仙驾鹤飞。

俯视地面，已是云堆朵朵，早已不知香江远离若干里矣。

藐尔炉峰观不见，弹丸香岛更无踪。
腾云俯望苍生景，犹似地圆亦碧空。

① “置身”，原文作“致身”。

既而空中小姐为乘客进晚餐，并安置睡眠位置，余因感觉疲乏，于机上熄灯[1]之时，即摒息思虑而入睡乡。追灯光再亮时，已是亥刻十时许矣。

世事虚空犹子夜，满天星月入番邦。
时光宝贵难凭望，千里飞程片刻降。

满天星月黄粱梦，半觉虚空遗江山。
谁人能信眠未觉，瞬眼光阴到番邦。

满天星月黄粱梦，半觉虚空绕禁山。
千里飞程眠未竟，朦胧春意到番邦。

往昔于初次乘机时，心中似有担挂与不安者，故难于入睡。其后逐次放心，而精神亦逐次安定。而此次虽未能如平素家中酣睡状态，亦不至完全不能入眠者，故不觉时光之迅速过去也。诚是：

① “熄灯”，原文作“息灯”。

空思空虑空睡眠，思虑空空入梦真。
剪却空思空虑际，云空万里倍精神。

此时空中小姐再进奶茶及代客填写入口纸，而灯示处已显出勿吸烟及扣好保险带之警语，盖即已达目的地而将降下之时也。

余由机上遥望窗外，万点灯光，闪烁于广原[①]平野之间，是即泰国京华之夜景也，不禁油然情驰也。此时此景，正是：

万点灯光拱泰垣，湄江胜景入京吞。
威尼斯域东方画，多少繁华梦正温。

机抵廊曼机场时，适距香港启飞时五小时又十分钟之久，人生似鸟，瞬息万里，又不禁感慨系之：

万里长程瞬息临，行藏迅速逾飞禽。
航时肃肃寒风厉，到此薰薰暑气深。

① “原”，原文作“源”字。

再观天上月色，依然当头高悬，好似由香江远陪到此者。正是：

异国清辉伴客游，一轮明月照湄洲。
犹疑身在香江境，春色无边满海楼。

万里高空赏碧光，多情星月最难忘。
依依恰似长陪我，一步追随一步行。

余此时偶观月台迎客群中，有林君修悟、陈君德福、李君德焕、林君圣韬等已在扬手表示欢迎，心中至为愉快。真是：

笃爱友情最不忘，相迎远道接机场。
一如四海皆兄弟，久别重逢意味长。

余与各客由机场踱入休息厅，即有招待者操潮语指导向入口署办理入口手续，并奉上可口可乐一支，以解口渴。正是：

广告有方观可乐，一瓶到口味津津。
欣然印象长相记，不愧销途到处亲。

此际，林君修悟已透过入口署人情，代余办妥入口手续，经过检妥行李之后，即偕同到场诸友一并乘坐其驾来之汽车，直向京区驶去。在车中间，林君修悟告余，是日诸友闻讯到迎接者多人，但因机期一延再延，大多因商务关系，无暇久待，故先回京，仅留渠等四人代表等情。余闻此，不胜感动，盖廊曼机场距离曼谷市区，几三十余公里，诸友远道相接，而更因机期临时改延时间，空劳关怀跋涉，内心既感且愧也。正是：

有约失时过夜半，隆情关注感人深。
几多诗意油然在，难写精诚一片心。

由机场驱车至市区，须四十分钟之久，始能抵达。余与诸友，且谈且笑，一路饱赏郊外夜景，寺灯与渔火并光，流水共天籁齐鸣，一番春意，遍布人间乐事，四处虫声，最足引人清兴，而参天椰栳，在黑暗原野中，飞驰而过。正是：

黑树薰风迎面过，野虫流水逐声闻。
寺灯隐约传梵语，数点夜灯照夜分。

星月满空映野郊，一片清辉万里豪。
夜静潮声协天籁，几家灯火醉碧桃。

余与诸友，久别重逢，加倍兴奋，盖相知之深，而不觉相爱之笃也。

久别重逢倍采风，且谈且笑乐无穷。
一途景色云和月，满路欣情私与公。

车抵曼谷，既入市区，乃见寺院林立，灯光辉煌，而市心各地，歌声绕扬，多是故乡曲调，此时此地，又不觉有感矣：

湄南河畔有仙都，寺院如云胜景殊。
四处歌音如闾里，风光犹似太平符。

余等于满怀兴感中，不觉已车抵百乐门旅社，而将行李搬出，当有店伙将其搬上房中安置，已是子夜十二时许矣，诸友拟约余再出夜点，余因在机上饱餐，未感肚饿，且此时已是不早，诸友亟须回归休息，故婉辞之，遂[1]订明晨再会，而送别焉。正是：

珍爱精神宜早息，各寻甜梦入华胥。
雄鸡再唱东方白，再把闲情仔细铺。

此时余因受炎热天气之迫，而入浴室沐澡，既完毕，而无情时光，已是一时许矣，因即入睡焉。但不知经过若干时间，忽为嚣杂声音所扰，难以再眠，回忆过去第一、二、三次旅暹之情形，幕幕往事，涌起脑海，而感慨万分焉。正是：

十年四作京华客，依旧风光加我身。
胜败浮沉难计数，荣枯得失孰堪陈？

---

① “遂”，原文作“随”字。

风云反复干戈壮，人海是非玉帛神。
世事纷纭存脑想，怅然逆旅忆乡亲。

际会风云几度秋，大千世界万花楼。
昔年意志凭才识，此日襟怀赖智谋。
异国歌声为振武，商余逸致在交游。
闻情自有乾坤义，漫指天星问斗牛！

余于1947年，因商务赴星洲，回港时，即第一次在曼谷作一星期之观光，但以时间之匆促，京华各地胜景，大多未能游遍。迨1951年第二次旅暹，乃一住至二月之久，故不特京吞各处，饱尽眼福，而近郊远郊等地，亦有足迹到临。又1954年作第三次之拜访，亦系由星洲返港时在中途停留者，其为期亦仅七天而已，除应诸友宴会应酬外，几无时间偷闲京吞重游。此次赴棉过暹，其性质亦系借道经过而不能久留者，但祈尽可能节省应接不暇之事，而得机会再作毗近胜景之重赏，以慰五年①来之阔

① 1954—1957年为三年。此处疑有误。

别也。正是：

往事如烟难追忆，名川不厌百回游。
清风到处留芳迹，不负青春到白头。

余于遐思过去旅暹之印象方殷时，忽闻有敲门声，旋即有人入房，谛观之，乃宗侄木宣到访，即起床与之握手，询其何以知余至。渠云，由朋友处闻得之。再问其何以夜深盍未休息。渠反诘余，此际天亮已久，何以尚言夜间？余闻言向外一望，果然已是晨曦时候，路上黄衣僧已在托钵化缘，往来如鲫，不觉好笑。正是：

好梦嫌更短，怡神爱夜长。
几多闲俗虑，不觉醒黄粱。

宗侄木宣，为余第二次旅暹时所会晤者，现年仅廿八岁。当其廿三岁时，尝在余表兄姚君鹤俦所分创之商行中任职。渠知余对子平术有所研究，尝将其八字请为一判前途。余言其廿四岁之环境当有转变，而廿五岁后再历苦干精神，可以别有新机缘而迈进一步之发展。迨余返港后数月，竟接其来函，谓东主因感觉此际暹线营业之困难，决意暂时结束，故渠将遭受环境之转变，一如余言云云。渠今次与余重逢，中间已饱历许多刻苦奋斗之滋味，唯[1]幸略有成就，比之昔日依人篱下者，另有一番新气象也。正是：

士别方三日，便须刮目观。
莫轻年纪小，自有钓鱼竿。

谈话间，忽又有人扣门之声，应之，进来者即林君修悟与陈君德福也。宣侄乃告辞，临行约言明午勿他往，渠同余餐叙等意。余不欲却其盛情，允之。迨送别之后，再与林陈二君道谢昨晚麻烦其费时费神之情，二君约余前往早点，余乃相与一并下楼焉。正是：

---

① “唯”，原文作“惟”字，以下迳改。

光阴如流水，世事更无穷。
环境时时异，人情处处隆。

林君与余同龄，而且同月同日而相差数小时出生者。余四次到暹，三次系其照顾入口手续者。佛家所谓夙缘之事，诚有不可思议之道理也，所谓：

因果常可信，夙缘最为奇。
同居一屋住，不若新相知。

余与林陈二君言，是次往暹，旨在赴棉，除三二老前辈理需前往问安外，其余诸友随缘会晤，唯因时间匆促，留暹之日无多，故决避免应酬，以畅旧地重游之愿，但老马识途，除对出入口手续拜托料理清楚，麻烦办理外，在留暹时间，希为顾理自己业务，免多介意，始能令作客者之安也。唯林君对余言，渠等当尊重此意，但是晚天外天之宴会系大家老友久别重逢欢叙之薄酌，而明晚之茶会为德教诸友联谊欢迎而特设之盛会，必须参加外，至于其他方面之应酬，则亦唯有随缘而已。余对是晚之宴会及所言之茶会原拟心领之。但渠言，此乃化繁为简、化冗为便之事，当不能却之太甚，反为有悭友谊。余乃不敢再辞焉。正是：

盛情难违约，高谊不可辞。
但得真诚处，举杯谢相知。

席间谈及年来商场困难概况，不胜唏嘘。盖华侨离乡别井，异国经营，原非易事，今竟遭遇不景，百业萧条①，难免有发生经济之压迫而备受痛苦者。所幸泰国得天独厚，物产丰裕，而同侨有互助博爱精神，对于德教之福利地方工作，尤见热力奉行，是以灾难者得到救助而不致陷于绝境为可慰耳。正是：

本是同乡井，异邦作客人。
精诚相救助，博爱自亲之。

---

① “萧条”，原文作“肃条”。

林君更为余言，渠之海市营业，年来已并入联营，因得到政府之保护，故其业务尚见健稳，唯每晨必需前往远离十余公里之渔场巡察为烦也。余因此际正其营业时间，乃询其何以未往，渠云今天已特别提早前往望之，因没有重要之事，故赶回，但明晨此际，则较有货到步，恐须延至午后始能回家而对余失陪也。余恳其自明天起，务以不妨害营业及有闲暇时始再约晤为宜。渠亦言，老朋友当如是也。正是：

金玉同盟约，畅言入细纤。
相知宜莫逆，拘束反为嫌。

此际，余等三人，面食面谈，不觉已是上午十时矣，会账后，乃雇的士作郊外游。至王家田玉佛寺前时，见广场上，正在大兴土木，状甚伟大。因问陈君："此地拟建何物?"陈君告言："本年农历四月十四日为佛历二千五百年半佛劫纪念日，泰国为佛国，特作大规模之隆重庆典。届时，有来自三十六国之使节与佛徒，到此庆祝，故在赶建广台，以便迎接[1]国宾及佛子四众也，将来如有可能，君当赶回参加此难逢之盛典也。”余闻言，不觉应言曰：“诚然，余亟愿应缘到此参观此二千五百年空前之盛缘也。但余此次赴棉，或因事阻留高棉亦无定。唯其境亦系佛国，纵予不及赶来，亦必在当地度过[2]此日，始赴星洲等处也。”正是：

二千五百岁如来，三十六邦妙法开。
佛国因缘同善庆，上人夙缘共慈悲。
何时能颂临安乐，此际且祈去劫灾。
大觉寺前观胜事，万人土木建莲台。

郊区与市区新建之屋宇甚多，比之三年前之景象，又有加进繁华与不同观感之处，其中如大酒楼、大戏院等皆有若干之新型瑰丽伟大之建设，而小座雅致之别墅，尤见林立四周。每过热闹市区，汽车之排长龙与阻塞去路，往往须作十余分钟之阻

① “迎接”，原文作“仰接”。
② “度过”，原文作“渡过”。

隔。此即显示住民广置汽车之普遍，比之数年前不止倍蓰也。但过去泰政对于汽车交通之管理，似较放松与不得其法，以致车祸屡屡发生。今则到处交通灯与行人道有周密之设备，在交通之管理上，已较数年前大有改良。故汽车虽增加，而交通情形反见井井有条，可为暹国政绩之一斑也。正是：

入国能知俗，道途识是非。
人情关政绩，物景系权威。
且若交通善，有如建设巍。
文明常进化，到处见机微。

余等作半小时之游车河后，乃驰车至三聘街访林君圣韬。时适林君正在店前，见余等，即迎至天台上憩息。余回忆五年前到访林君时，是屋尚未改建，仅是旧式二楼而已，今则美奂美轮，堂堂然为四叠之高层矣，不禁为林君贺之。正是：

今日新庭宇，昔时旧屋身。
物凭人事改，业仗运筹新。

美奂增神采，豪华倍雅彬。

溶溶光四座，发迹媲先人。

林君少年老成，既精于诗且笃于技，诚所谓允文允武者也。然其才隐于商，亿则屡中，为泰京洋什商之巨擘也。当壬辰年余作第二次之暹游时，渠与林君修悟、陈君德福二君同为泰国提倡德教之发起人，其热心地方公益，福利人群之精神，诚令人可佩。当是时，林君等因鉴于[①]泰地人士之崇尚武术，为提倡国术起见，特倩余在港聘请太极拳师董氏英杰前往授技，而林氏二君独得董傅之薪传。余于甲午年第三次旅暹时，已觉林君等赞助董师令郎虎岭君之兴创太极拳社甚具成绩。今则董英杰太极拳社之名誉，已为泰京所闻名矣，但林君等仍不以此为满足，更思百尺竿头，再寻精进与发扬之道，故无日不注意练习与提倡之。目下归附研究国术之泰国人士，不止千计。将来暹国太极拳之旺盛发展与成功，诚得力于二君之发起与提倡之史实也。余

① “鉴于”，原文作“监于”。

于此际林君天台上架设各种练武术以及气功之刀剑暨沙包等物，不禁对林君尚武精神又有所赞叹焉。正是：

尚武精神振国魂，多才多艺出彬彬。
琴心剑骨英雄范，不愧汉家国术尊。
溶溶月色照华楼，发轫千秋气象优。
伟志浩然无限量，湄江胜景目相投。

余等与林君倾谈，约半小时之久，乃与辞而返。陈林二君送余至旅社后，林陈二君因私务各回店中。余方登楼，而李君世焕到访，谓其东翁蚁瑞波先生约赴其店中用膳，请与共往云云。余与少谈片刻，乃下楼相与前往。途间遇陈君坤泽①，谓拟前往旅社访谈者，因见余与李君赴他约，乃改约另日到会焉。正是：

① 原文倒为“泽坤”，以下迳改。

四海为家多挚友，青萍结聚有奇缘。
感情最是非常品，千里相逢胜比肩。

由旅社至蚁翁处，仅隔一站之遥。余与李君且行且谈，不意已经到达蚁翁门口。而蚁翁适安步至店前，见余至甚欢，延至厂上，分宾主而坐焉。

余与蚁翁握别，虽已三载，但见其精神矍铄，不亚于旧时风采，故不胜欣慰。

蚁翁经营商业于暹京，历四十余年之久，而天性豪爽乐善好施，为侨商所推重。余于第二次旅暹时，因海市林君修悟①之介绍，得获交其哲嗣德祥君。迨回港后，尝有商业之联络。迨第三次旅暹时，适其在万佛岁营作坟山风水，特邀余②前往参观，因得与蚁翁亲近焉。唯蚁翁虽与余谊属父执，但因与余言谈，甚感投机，更视同子侄辈之爱护与关怀，此次闻余至，即命李君到召。余不敢违背老人之雅意，故此到临拜见耳。

① “林君修悟”，原文作“林修悟君”。
② “余”，原文作“予”，全书统一为“余”。

蚁翁年逾古稀，美须眉，鹤发童颜，精神矍铄，岸然有道家之风采。正是：

仙风道骨美须眉，矍铄精神海鹤姿。
不是人间平俗辈，几疑佛国出钟离。

此际日已向午，而值翁用膳之时。蚁翁乃催“亚总”开饭。席间盛馔相款，且饮且谈，自觉津津有味。正是：

酒逢知己千杯饮，话到投机百虑忘。
道义不关年岁远，打开禁盒沥胸肝。

席上，余因未见德祥君在座，询之，始知其因商务适赴万佛岁，须待午后回归，并言年来嵩越路一带之出入口商，大多受到世界不景气之打击，损失甚多，而渠数十年来之心血，亦几于此际挫折，幸自去岁以来，稍见好转，但亦绳头微利而已，唯此际国际环境所逼，乃大多数如是，非一人得失之过也。正是：

天翻地覆论世道，百业凋零不独商。
四十年来推浩劫，大千世界普荒凉。

余以香港南北行营业，亦莫不如是，星槟等地亦闻到处皆然。是诚人为劫难之甚者也，所谓天作孽，犹可违，人作孽，不可活也；然而茫茫世道，不知何日始能好转，使世界人类不致遭受此种自杀政策之痛苦也。正是：

东南西北多危境，上下古今少见闻。
祸首罪魁宁数定，是非得失最堪分。

席间，蚁翁谓余是次经暹赴棉，在暹国当无其他事物，除旧地重游及每晚返旅社休息外，最好在其店中憩息用膳。热带地方，最宜清爽之处，盖其地临海通风，较为安适也。① 余甚感之，亟愿接受其美意，但因居留时间既暂，则恐每因探朋访友而

① 此句原文作“盖其地临海通风，热带地方，最宜清爽之处，较为安适也”。

随缘定止，对于用膳时间反生拘束之嫌，故请其免为介意并宽谅之也。正是：

随缘到处无拘束，定止居停不可思。
莫笑时光知客意，垂江杨柳任风驰。

饭后，蚁翁邀余上楼，参观其祥瑞堂之灵芝草。见其堂上，排列大小花卉数盆，内植紫赤色、形若如意状之似草本而非草本之植物。其大盆者，稍经人之接驳，如凤麟，甚觉可珍可爱。蚁翁言云，此乃前年在万佛岁建筑墓地风水生基时，偶然在该山发见而采集者。此物为古人所珍，乃山灵土气之精英所结聚，以其不受空气与水土之隔绝，而能生存不萎，故亦称之曰仙草，有不死药之称焉。故移作祥瑞堂之点缀也。余以蚁翁乔梓，一瑞一祥，芝草乃祥瑞之物，而蚁翁之祥瑞堂虽已命名于若干年前，而早已蕴蓄无限祥瑞之因矣，其在万佛岁发见斯草，盖天福善人，以祥瑞之物赐与祥瑞之家也，其发见固属偶然，而其藏有，实非偶然也，不禁为颂曰：

本是仙家物，移为堂上珍。
福缘从善庆，祥瑞结凤麟。
异种通金厥，奇胎转玉轮。
年年朝万佛，岁岁乐长春。

蚁翁顺手由案上取下芝草一盆，计分四茎，用纸包扎，送余曰：“是岁二千五百年佛诞纪念，老朽特以此瑞相赠，以祝君之前途万里。”余敬受之。正是：

隆情云谊寄祥芝，别有奇缘会面时。
此日异邦赠瑞草，他年同里忆相知。

由祥瑞堂向外望，一片海天，胜景自然；而堂上神龛中，除奉祀其祖先神位外，并有玉佛一座，缕缕檀香，诚有世外极乐景象也。正是：

祥瑞堂前赏碧波，湄江胜景任收罗。
长天浓锦云峰霭，一室清光淑气和。
袅袅檀香薰寿佛，朵朵芝草拱玉陀。
人间逸致推公福，不愧京华极乐窝。

泰国为湄南河流域。京吞二府，即傍江边而建筑者。三四百年来，经华侨血汗之开垦，由荒凉原野，变成繁华都市。其山光海色，蔚成东方威尼斯之美誉。从蚁翁之祥瑞堂上，观览两京形势，了如指掌，而两岸胜景如画，庄严华丽之寺院，与来往不停之舟楫，南国风光，别有一番悦人气象。此华侨之所以恋居成族，不忍去离之因欤？正是：

惹人海色与山光，全赖经营血汗缘。
借问东方名胜地，威尼斯在此间妍。

余在此情此景之陶醉①下，不禁引起昨夜航行中之疲乏，申然作欠，欲作睡眠状。蚁翁似知意者，更伴同下楼，呼店伙取布椅置于厂隅，嘱余作息一二小时再谈。因渠每午亦须憩息也。此一提议，胜获千金。盖在此时，可以补偿昨夜失眠之精神也。迨一觉醒来，已是下午三时矣。而蚁翁正呼小童弄茶间，见余起身，乃延坐，并重开话盒，不

① “陶醉”，原文作“淘醉”。

觉又消耗一句余钟。余因思林君修悟与陈君德福，必已闲暇，乃请告别，以便访之。盖行客拜坐客，此礼也。昨天诸友在机场鹄候成天，一早又再见访，不能不往拜谢也。蚁翁再叮咛前言曰："今后在未离曼谷前，午晚二餐，必须①到店倾盖。"余感其盛意，乃曰："苟无他约，当遵到此。但在用膳半小时前未到时，必因事阻，请免待候。"如此相约，始蒙翁诺，而余亦与李君世焕道谢关注之微忱，然后敬辞出店，先步赴海市，以访林君修悟焉。正是：

依依惜别意绵绵，无限情怀感夙缘。
他日若成游记集，千秋佳话必风传。

海市为林君商业之商号，但亦以浮家海面为营业场所而命名也。盖曼谷诚名符其实之东方威尼斯水乡，大半居民，皆不离与水之关系，到处河渠纵横，桥梁交错。而海上大小船只舢板，满载各种蔬

① "必须"，原文作"必需"。

菜、白米、辣椒、水果、海产之类，供应与浮家泛宅者之需要，如各种洋杂、布匹、肉类、食品等，亦应有尽有。至两岸之固定浮宅，皆以楢木搭成，一半为商业，一半为住家，或前铺后居，或下铺上宅。每于清晨，各购所需，各售所有，川流不息，殊见热闹非常。余于第二次旅暹时，常于晨分，偕友乘一叶之画舫，放游于湄江之上。波平浪静，清风徐来，别有一番趣味。而此际常见有一班之黄衣僧，乘小艇往来于浮家泛宅之处，托钵化缘；诸善男信女，则伫立宅边，奉献斋饭，极尽恭敬虔诚之貌，实为佛国之特色也。正是：

海上浮家若蛋民，经营商业出江滨。
蔬菜鱼米源源集，水果糖盐处处陈。

托钵化缘凭佛愿，立心奉献本天真。
川流不息朝朝景，多少风光不染尘。

余与林君之因缘，虽发生于第二次旅暹探友之时，而其神交，实已订于世界第二次和平开始之际，盖林君由暹回国①，同属乡谊同参德教之缘也，故一见如旧，再加以性情意志之相投，故每至暹京，即先与通知，并请其代办入口手续焉。此次渠偕诸友在机场深夜迎机，尤令余感激难忘也。所谓：

有缘千里来相会，不是夙因不易求。
宝贵友情难觅得，知音到处便忘忧。

此时余抵海市，即见林君正与其令弟在写字厅中。见余至，乃放下工作，而出招呼。林君之令郎，亦由室内而出呼“亚叔”。余回忆三年前，渠方十四岁童稚之时，此际则已壁立与林君比肩矣。人生易老，诚可从小童之成人而警觉之也。林君令其令郎奉上咖啡、茶以款客，然后询余是否在蚁翁

---

① 景熙按，此处所记，恐有失误。据林修悟（1913—2009）2007年7月28日自述于曼谷寓所：林氏系泰国侨生，香港沦陷（1941年12月18日）前自泰国启程返回家乡广东省澄海县南砂乡定居；1945年11、12月间，搭乘战后汕头开往泰国的第一班货轮“富升号”返回泰国。

处午睡。余反问其何以知之。渠云因尝去电旅社，得悉余行止；乃再打电至蚁翁处，知余方在午睡中也。此盖二小时前之事也。余先谢其关怀，然后再谈及太极拳社之事。林君欣然为余告曰："此际暹京人士，对于太极拳之练习，已颇见普遍。一自德教善堂之设立与太极拳之提倡后，一般上中下阶级人物，不受慈善胸襟之感，则为健康心理所化，其平素消遣，原以花酒或雀战为乐者，今则不为福利事业服务，则为强壮身体训练。而且为一家之长与一店之长者，既杜绝不良嗜好，而一家之老幼与一店之职员，亦皆不敢做出不正当之娱乐。此种社会好形象，盖即近年以来，吾辈提倡德教与国技之功德，诚足告慰之事也。"余对此愉快之言语，甚感兴奋也。盖华侨此种良好之事实，诚足证明德教对于社会之功用，而林君暨诸友等之一片婆心，为善最乐之精神，殊足钦佩也。正是：

无量德风播海外，有缘意识感寰中。
家家能本慈悲愿，康乐年年占大同。

林君更为余言，目下华侨崇信德教者，几无处无之，经常对于善堂各种公益事业，如救灾、施粥、施茶、施医，以及施棺赠葬之事，莫不踊跃捐输。对于协助社会治安之安定，与助益华侨之生活不鲜，故甚为本国政府所器重与华侨之热诚拥护。前年，御驾且亲临幸香，足见我国道德在世界上之伟大与受国际之重视也。日来，因吞府一带苦旱，缺乏食水。我教为利便人民起见，特创办施水之善举，由善堂专车装载食水至吞府各街衢施放，刻已连续有十天之久矣。此种事业，在泰国尚属创举。不意施行之后，甚得社会之同情，而吞府一带住民之获益与感激更不待言也。正是：

激励华侨种福因，皇恩浩大更亲仁。
观光德教问民瘼，佛国因缘最感人。

渴时一点如甘露，何况三餐乏水煎。
莫谓涓涓原小事，万千灾劫挽回天。

林君言至此，并叙年来太极拳社之发展，除董傅令郎虎岭君得诸友之赞助而告成立董英杰太极拳社外，渠与林君圣韬仍积极求谋国术社之普遍，以洗“东方病夫”之诮而发扬祖国武德精神也。嘱余将来回港时，将各种跌打损伤验方及治疗方法书籍多为汇集寄去，以便研究，而利救护一般跌打损伤之民众。其天生慈祥之心怀，诚无微不至也。所谓：

活人方术宜研究，能挽垂危解疾忧。
尚武精神同善誉，慈悲怀抱共温柔。
发扬国粹平生志，拯救群黎夙愿求。
最是仁心归德德，大千世界乐悠悠。

余与林君方畅言之际，黄君是山由店外姗姗而至。见余在座，乃欢然向余握手，曰：“昨因施水与赠药工作，未暇抽身至机场迎接，歉甚！歉甚!”余深谢其美意之后，渠乃对椅而坐，向林君告知是天施水情形，成绩良好，请其明天偕余前往灾区参观。余甚感兴奋，而答应之。

黄君向余言：“年来呕尽心血，一志为善堂服务。幸得诸德友之协力齐心，以及同侨之热诚德教，故能日见发扬，而为当局所见重。唯此际商场不景，善款来源不易，但贫苦侨胞则成反比例增加，对于慈善事业，煞费苦心耳。”

余曰：“唯如是，愈见兴创德教之重要，与见得诸君子乐善功德之可敬也！际今日国际环境日趋险恶，世界道德日见崩溃之时，吾辈海外同侨，缅念祖国固有道德之伟大与不能磨灭之价值，亟须尽其爱护衷心，而力挽狂澜，以期人心之悔祸向善也。况因果之事，如影随形，报应彰彰可考；此地佛国，更以慈悲为本，是以福人福地，纵有灾难者，亦得解脱之。此皆有赖于有力者之提倡与立德也。”正是：

天生劫运励群人，能悟解时自不嗔。
善有善因同善报，恶当恶果与恶湮。
仁心仁术非常德，救己救他不异神。
但愿德风环宇宙，咸登寿域作尧民。

余等且谈且笑，不觉已至黄昏时候。余恐有他友到旅社相访，故与林黄二君告辞。林君告余，是晚七时在天外天酒楼薄酌，大约一句钟后，渠当到旅社相邀，请勿他往。余颔之，既辞别外出。

顺途乃至邻比一访陈君，但陈君适已他往，因即乘三轮车迳返旅社焉。但见公司廊与耀华力路一带新筑洋楼多帧，其热闹市情，较之三年前依稀相同，唯商业广告之五彩灯霓，与街道车辆，则较过去周密甚多矣。因同侨之中，尤以潮人占最多数，是以电台广播到处乡音喧天①，诚令人有第二家乡之思也。正是：

故地重游畅友情，万千气象乐意生。
马来半岛天骄子，第二家乡不愧名。

余抵旅社，店伴交付纸条一张。观之，乃知余表兄姚君芳远到访也。入室，又见案头留有名片数个，皆系友人到访不晤留下者，余乃默记其名，以便得便回访也。此时因路上劳动，甚觉满身热气，

① “喧天”，原文作“宣天”。

乃入浴室冲凉。既已，乃翻阅是天之《暹京日报》，因无特殊新闻，看看即为放下。步出走栏，向外眺望，则万家灯火，已是照耀辉煌矣。正在注视街中行人之际，忽林君修悟与陈君德福、林君圣韬三人，连袂到临，谓此时诸友已在天外天，请即一同起程前往等语。余不待言毕，即相与下楼，同乘其驾来之车前往焉。一瞬眼间即已抵达目的地矣，但见：

万家灯火照辉煌，无限夜情又一观。
天外天歌绕四境，金迷纸醉竞弹冠。

余等上楼，诸友如罗君德钧、黄君是山、蚁君德祥、陈君坤泽、李君世焕等，已先在等候。见余等四人至，乃欢呼聚同入席。一时高怀畅饮，款款曳曳，甚感兴奋。席间，蚁君道及是日因赴万佛岁，未能在店相陪之事，并谓渠后天——廿二日拟再赴该地；届时[①]，请余一并前往，以尽一日旧地

① “届时”，原文讹为“盖时”。

重游之情也。余欣然应允之。陈君坤泽亦为余言，明晚德教同仁，在善堂茶会招待，请余莅临云云。余以此行纯为私人商业过境性质，不欲多扰诸友，请求无须茶会欢迎；唯余明晚一定至堂中拜访诸友，以慰渴念也。陈君谓此所以化动为静，化繁为简之小小意思也。余且感且愧，唯有答应之，盖不敢拒却诸友之盛意也。正是：

友情德谊两丰浓，夙愿因缘共此衷。
得宠反惊生愧色，只凭奋勉答诸公。

是晚，因兴致勃然而多饮酒，不觉有数分酒意，由七时开席至九时许始罢席。除林君修悟、陈君德福、林君圣韬，仍与余乘车再作郊外游外，其余各友则分别返归家中或店中焉。所谓：

一饮一游原有定，忽来忽去莫非缘。
更研得失盈虚理，圆缺聚离不胜玄。

余等乘车在近郊兜风后，除林君圣韬、陈君德福顺途返家外，林君修悟则送余至旅社，时则已亥刻十时许矣。林君以余昨夜或未睡足，嘱宜早息，并云，渠明晨因必须赴鱼市场，俟午间再电约晤面。余应允之，乃握别而回。正是：

异国同乡如弟兄，德门到处有真情。
几多友谊并山重，万里风光恋眷诚。

南国热浪，夜里虽较日里为轻，但每因走动，即觉满身汗花，热气薰薰，非加洗澡，不感舒爽也，故在睡前，必须再作一次之沐浴，方能安快焉。正是：

日日冲凉不觉烦，天天热浪到黄昏。
湄江胜景溶溶月，犹觉山河万里温。

是夜，酣然入梦。一觉醒来，又是辰刻时分矣。忽闻敲门声，余起观之，乃刘君少荣焉。

刘君为余[①]己丑年第一次旅暹时所结识者。其时适其父在养病中，尝邀余前往诊视。余观其脉症，已有断续停代之状，非药石所能挽救，谓宜克尽孝道，顺适所好，盖其脉恐难卒年也。迨余回港后，方四阅月，果接到其讣告。

及余第二次旅暹时，适其姊夫患病，入中央医院已二星期之久，仍未见起色，亦邀余往观之。余诊得其脉沉数而有力，而舌色粉白如蛋白煎煮然，乃里火炽盛,[②] 其见症必先头痛，而难于入睡，喉干而不欲热饮。询之果然，乃予宣通火郁，清解里热之药如羚羊、云莲、茯苓、麦冬、石斛等味，并以中国按摩方法先为宣通经络之火郁。果于数小时之内即感疾病轻松。服药后，即安然入睡。翌日而病去人半。再经调服他药，方三日而出院。当其初时，病者日夜呻吟，而医者不觉其有发热症状，反以舌色作白而疑为寒症，故屡经注射及服药而未见功效，更疑为脑部有何损伤，特抽取臀骨髓以化验

---

① “余”字后，原涂去“砚友，暌违已廿余年”等字。

② 其下原有“而舌色非寒症之白色，系热极如煎蛋白之色也”一句，因语意重复，编校者删去。

之，但仍不能得其答案。亲戚均为关心。故刘君闻余到暹，即邀往诊断也。不意以中医之医理对症治疗之，更获奇功。当时，该院主治医生，亦深以为异也。其戚陈君，得余治愈其病，亦甚感激，当余回港之际，且惠赠珍品多件焉。

迨余第三次旅暹时，因时间匆促，未有访晤。

是次，不知渠因何知余至，而于斯晨到访也。但久别重逢，当感非常愉快。渠携来芒果一小筐，谓此为本季初出之品，可为尝试之。余领而谢之，询其何以知余至，渠反询前次到暹，何以不相告，而此次亦拟不令人知耶，余向其表示歉意，谓不敢麻烦朋友为对。渠又笑曰："乃怕朋友麻烦乃真。"余亦笑曰："算是一时匆促，未有拜访之故，希为谅之。"刘君乃言曰："今再麻烦者，请赏脸前往饮茶，一慰五年来之怀念，何如?"余曰："甚善，愿敬陪之。"乃即洗脸更衣，与其出卧室，向账房告知，十时左右即可返来，如有友人到访，请留步或留姓氏以便会晤。刘君笑余曰："作客难定踪，或许今晚始回，何悭一天之伴游乎?"余以昨天已有数番约会之事告之，刘君乃无再话说，相与下楼焉。正是：

到处随缘难逆料，倏时际会不相同。
行踪最似浮萍草，昨日在西今日东。

余与刘君雇三轮车一辆，由耀华力路而过石龙军路，再转而入野虎路，直至海天楼下车。入茶座中觅座而坐，自有堂倌排出点心食品多种，并询问所喜之茶而泡上之。① 余乃与刘君且谈，询其近况，得悉其在某商行服务，生活尚能过得去。

此时，忽有人在背后用手拍余肩并言曰："马先生，何时到来？"余转首望之，乃陈君友云也，不禁大喜曰："叔台别来无恙乎？何凑巧而今次又相逢也。"陈翁曰："依旧如我，但增苍老耳！"余笑曰："老当益壮，莫如叔台，真是一次相逢一次康健也！"余一面与之寒暄，一面与刘君介绍。陈翁询余何处住，何处往，余一一答之，渠乃谓日间

① 此处原涂去"欲饮何茶？余与刘君均不约而言曰：'普洱'，迨将茶冲上"一句。

有暇当往旅社一谈。既握别，余与刘君再作半小时之谈心，而无情之时辰钟已届十时矣，因不敢久延，再乘三轮车返旅社。刘君送余下车后，乃乘原车而回。

余既登楼，账房谓有姓陈及姓蚁者来电，姓马、姓吴、姓郑者到访，皆回言外出，约十时后可回也。余逆料姓陈者或系陈君坤泽或陈君德福，蚁君即系永兴祥，而姓马者为马木宣，唯姓吴及姓郑者则不知何君耳。正是：

胜友如云到处通，分飞劳燕各西东。
浮萍人海浮沉事，过眼犹似不留踪。

胜友如云到处同，分飞劳燕各西东。
浮萍人海常离合，见面方能别那翁。

余抹电至永兴祥，询问来电事。当承李君世焕接话，谓系蚁翁约余中午前往用膳，请准时到临等情。余告知午间已有约会，候明晨应约前往万佛岁，再到店畅叙，请李君代为转达之。电已，而宗侄木宣已偕吴君介标到访矣。余始知早间账房所言姓吴者，即渠也。正是：

见面已知谁姓氏，邂逢不必问西东。
茫茫世道谁能识？唯有友情最可风。

余迎马吴二君入房中休息，道叙年来环境，另有一番感慨。此时林君修悟到来[①]电话，谓下午二时半到旅社，一并前往吞府参观施水情形，嘱若赴友约，希准时赶回云云。余知宗侄此来，乃系践昨约偕吴君同往午餐者，但此际仅[②]十一时许而已，且适与刘君饮茶始回，肚中未觉饥饿，乃在房中继续与马吴二君闲谈，因得悉二君刻在组织泰棉运输业务，当此国际贸易不景之时，全靠人事与精神之努力，始能无阻。所谓：

① “到来”，原文如此，或系“打来”之讹。
② “仅”，原文讹为“谨”字。

扰扰人生为活计，是非得失在精神。
能除荆棘开宏道，自有康庄觅宝珍。

宣侄原住高棉马德望，设营业站于泰国边境之亚南，此地离曼谷三百余公里，有火车直接来往，余于壬辰年第二次旅暹时，尝远游至此，作廿四小时之逗留。此处为暹越边界，在二边山崖间，架一板木桥，并筑有木亭一座，以便二国人士在台上见面聚谈。若越过木桥二端，则须有人情、护照等，始能许允也。但当地两方居民，因与各该国管理员素熟，若在若干小时内之过越，亦得通融无阻耳。当余到达亚南时，适因南北越之战乱未已，安南之分治未定，对于陌生人之来往最为注意。为避免麻烦起见，乃至木亭而止，不敢越雷池一步焉。而马德望之亲友，则可至亚南之一边会谈而无阻也。

此时，余因询及宣侄之家眷，而不禁触起五年前之故事，犹忆该地木桥之景象也。正是：

数板木桥分泰越，一亭日月别乾坤。
环球周转无休息，何意人间境界存？

足跨两国系木桥，此日英雄曼作骄！
怆悴风云空谷起，纵然铁柱亦焚销。

华侨侨居泰国与安南者，几四百余万人，而大多属于潮籍，故有“第二潮州”之称。往昔承平之时，同侨最富家乡关念①，每将汗劳所得，寄回祖国置田建屋，而时有思归故里之情。自受第二次大战及国事变化之后，因种种刺激，而令对祖国视若畏途。故连年有所锱获，辄就地投资建筑，而令泰越各地加倍繁荣。是以昔日郊外僻坏荒村之处，悉成华丽之区，其情况不亚于香港也。更有可憾者，则因此际国际人口出入之限制，而华侨之经营悉受该国之歧视与排斥，甚且有受其放逐没收者。故心情之苦闷与哀怨，尤有不胜言者。每思昔年，实有沧桑之感焉。正是：

过眼云烟方廿载，神州变化若天渊。
昔年血汗归乡井，此日辛勤弃故田。

① “关念”，或系“观念”之讹。

纵酒怡情忘意志，投资丧胆痛番边。
消沉苦闷心中事，悲国思亲剧可怜。

余与马吴二君顷谈，不觉已消耗一句钟之久，因承彼等之盛意，乃离旅社而至耀乐园品茗。席间，又难免对世情有一番之慨叹。正是：

世事纷纷凭利害，人情沸沸系铢钱。
为语天下沧桑话，无限感怀百念蠲。

宣侄知余午后有他约，故不敢多延时间，饭后即与吴君伴余回旅社，并辞别他往。

适林君修悟与驾车者至，乃不再上楼，即乘来车，直至吞府罗斗圈。在市衢上，见有群众携备水桶，列成长龙，在静候玄辰善堂之载水车逐一放给养命之源，其静肃与秩序之井然，诚足表现住民对善堂施水之普遍而无虑缺乏之虞者。余与林君方下车，而善堂施水同事，一面工作，一面打招呼，并向林君报告是日施水已经施出若干车，等于若干加仑之事。余此时再观人群中，男妇老幼，均谈笑自如，语中多有赞美善堂之功德者；而当地之警察，亦自动协同善堂工作人员，指挥群众排列水桶之事，充分表露人类互助精神之可爱。正是：

同是方圆同热血，自宜互助不相争。
一花一木饶真趣，群愿群心寓感情。
佛说慈悲空色相，人存道义笃精诚。
回思因果循环理，祸福无门自己生。

林君对余言："此间居民，多为崇仰德教之士，故自己维持自己之秩序，当更井井有条也。除此间毗近每日有若干车水运到施放外，哒叻蒲及京畿新路尾一带谷庄缺水地方，均有水车日夜供应市民取用。而我社人士，大多出钱出力，以竟事功，殊为难得也。"

此时余偶观墟间，有"陈家园"之商号，不意回忆五年前与林君亦尝到此，并承介绍认识其主人者，乃问林君曰："陈君家园，此际有否在店中？"林君指水车旁工作人员中之一人曰："彼非此佬乎？渠亦出动为街坊服务也。"余再注意之，果系其人，乃趋近其前。而陈君亦乍见余，而与余握手，并邀至其店中饮工夫茶。余观陈君相貌，虽离别五年，但精神矍铄如旧。渠乃当地中医师，而经营药材店者，其出品有陈家园行军散，行销泰越一带，每年为数甚钜，而其为人，性慈好善，遇有公益事业必踊跃参加，故为邻里所推重。渠知余由香港初到，并拟再远游，乃取出行军散二大盒为赠，谓此品居家旅行所需，随身携带之。余拜领之，以为益己益人之珍品焉。

术本岐黄有夙源，灵丹救世誉京吞。
杏林到处知君药，万里行军万里言。

此际，余方与陈君闲谈，林君由外带入一包热烘烘之物，视之，则烤蕉也。林君笑而言曰："此本地之土产也，土人谓补土健脾之功，请一试之。"余奇其宣传，亦趣食之，觉其味与生蕉不同，但亦香甜颇为可口，若是肚饿，不啻上品什粮也。俗以香蕉寒凉，有清热润肠之功；今既烤过，则当失其寒凉之性矣，林君谓有补土健脾之功，殊有因也。

然此物既属当地名产，姑不论其有何裨益，而无妨一快口福也。正是：

寒蕉非热烤蕉温，变化不同物理存。
风味惹人宜一试，不求甚解学京吞。

陈君向林君言，此次德社施水工作，邻里载德，各具好感，而毗近诸德友亦发心在此地兴建德教堂，以推进地方福利事业，对于建筑地址亦已决定此街左边[1]之旷地，若有暇，可邀马君前往参观之。林君对此提议，甚感高兴，请陈君即引导前往。因相与出店而循火车轨左边走去，过小桥，由山坡而下，有原野一片，缘竹猗猗，景致清幽。陈君谓即此地也。此间接近火车站，可以四方八达，且闹中取静，山光秀丽，不失天然胜景之区，为建德教堂所，当必发繁浩大也。正是：

① “边”，原文讹为“便”字，以下迳改。

云泉逸致乐神仙，胜地自来有福缘。
此日荒芜犹绿野，他时亭阁赛幽燕。

余等在是地徘徊者久之。回归之时，又与左近三五德友会晤。荏苒光阴，已是日将落山矣，因别陈君而乘原车返旅社，同进晚餐。冲凉已，而陈君坤泽到临，谓诸友已在堂中聚会，催余与林君速赴参加。余等乃乘其驾来之车前往黄桥玄辰善堂焉。正是：

有若电光演影戏，亦如粉墨上名台。
我看人演人看我，出出不同喜与诙。

此刻已是戌刻七时许矣，诸友济济一堂，约有二百余人，见余等至，互相握手。在弥满兴奋之气氛下，齐集佛坛前。参礼毕，即开始茶会，由林君居木主持开会，并由陈君坤泽①代表致开会词，大意谓该堂理事长萧君锦锡，因商务赴缅，未能亲自

① “坤泽”，原文讹为“泽君”。

主持，此次马君因赴棉道经本地，同人为德谊一家，谨以久别重逢之欢情，设茶会欢迎马君光临指导等语。余于感激之余，亦起而致答谢词，表示此次道过暹京，蒙诸友如此错爱，实令私人衷心感激，对于德教事业，在诸德友热情推进之下，本人亦决恪尽服务精神继续努力，以报诸友之知爱也。继如，罗君德根、陈君芝强、陈君上葵、林君木泉、林君修悟、李君人初等，亦先后起立发言，对于暹京德教服务社会福利事业，如救灾、施粥、施医、施药、施棺、火化及赠葬、施水、送顺风等德业情形，陈叙甚详。正是：

为善自来称至乐，相亲相爱似同家。
大同世界无他径，万家一心一德加。

余闻各友所谈，对于同侨在当地互助互爱以及福利地方之可敬可佩事业，因受其感动而不禁欲下泪者。正是：

离乡别井话元元，尝尽艰辛入异藩。
多少悲鸿经劫难？只凭眼泪忆家园。
一将功成万骨枯，流离异国入穷途。
几人能把根基奠，满眼灾黎不胜苏。

同是离乡别井人，关怀义切故亲亲。
救灾恤苦慈悲念，无量恩情入德因。

德教普施济世间，不分异域与人寰。
同侨共赋平安愿，世界息争乐意殷。

诸友一面倾谈，一面茶点，极尽欢欣之情。迨时辰钟敲打十一响，始忙再参师，即为散席焉。

余与林君返回旅社。林君对余言，明晨蚁君约赴万佛岁，因无暇未能陪往，但后天有暇当再一并前往需要拜访之友人处也。余受今晚诸友之盛情，正思寻机会拜访道谢之，而林君突打出此话，诚似达破余心事者，乃欣然答应之。正是：

万物之灵富感情，是非爱恶感应生。
我敬人时人敬我，融和世界不须争。

林君去后，余因到暹后尚未有书信寄出，因承此时夜静更深，而精神未觉困顿之际，修书三封，一寄高棉友号，一寄家中，一寄店中，然后始憩息入睡焉。真是：

万里征途系远心，一封书信寄重林。
分飞劳燕行踪处，便有雁鸿送好音。

余一夜酣睡，一觉又是辰刻时分矣。账房敲门谓有电话到。余往听之，乃李君世焕告知准即与蚁君德祥到访，约往饮茶并前赴万佛岁等情。余请其可即前来。迨冲凉更衣妥，蚁李二君已到达旅社矣。乃相与下楼，先驾车至耀力园用膳，再乘车直出市郊。

蚁君询余："昨夜足睡乎？"余曰："甚好。"渠曰："是天行程，先至万佛岁，然后再往和欧阁四栈等处也一游。"余曰："善。但路程遥远，得无一天可赶回乎?”蚁君曰:“昔者君来入万佛岁须三四小时始能到达。此时则二小时内即可到达。非车之增加速率也,乃车路之修整完竣,平坦可行也。”余闻蚁君此言,不禁回忆壬辰年,初次经此道时,因路基之狼藉崎岖,车行不特费时,而且颠簸不堪,颇感可畏。此际则修理完整,路道既平,车行无阻,清风挠面,令人愉快。于此,可见泰国近年以来,对于政治之进步,特别对于路政之整顿,有显明之成绩也。正是:

入国何须评政治,道途好恶识端倪。
因知基业由人力,利便交通自省时!

泰国为农业国,故郊外皆系广泛之农田。一望无际之稻谷,满布于阡陌之中,而经椰林、烟地、椒园、橡原等区,亦皆片片蔚成盛景。到处可见土地之富沃,物产之丰富。

蚁君为余言:“此际世界互作门罗主义,国际贸易之互相禁忌,以致变成偏枯麻木之形状。年来泰国土产之出口既受窒息,华侨之经济,亦难免大受打击。故业米砻者，亦大多遭遇损失，所谓一农败百商者，而世界人类都似在行着自杀政策也。”

此时车行已离市区数十公里，而广大之盐田，又出现于面前矣。车道上，一边为碱地，一边为淡地。只一阡陌之隔，而物产之草本、木本、矿本等各有不同。盐田之中，但见如冰非冰，如银[1]非银，如水非水，如砂非砂之结晶品与半结晶品，是即在日光中晒制之盐类也。一路经往之货车，累累满载者，多系鲜干鱼类及农产品。每有令人闻其味而作呕者，亦有闻其味而思其物者，则为制胶窑与制糖窑也。在疏落之木屋园寮中，又隐约观见其鸡群、鸭群、鹅群、猪群、羊群、牛群、狗群、鸟群、蜂群等类之畜养，绘成一幅天然万物图。正是：

造化无穷尽，万般景色浓。
鱼盐蔬菜米，橡栳桔椰橙。
牛狗羊猪儿，鸡鹅鸭鸽莺。
天然成富庶，处处赏奇英。

---

① “银”，原文简写为“艮”，以下迳改。

更是：

佛国奇英富物藏，养生有道贵黄装。
无方不见鱼盐地，有土皆成椰栳乡。
处处鸡鹅阡陌集，村村牛犬岸边行。
莫言谷米如山积，更是锡金若海量。

盖上述一路所见者，仅关于产于地面之动植物也，其蕴藏于地下之矿产，则锡金钨锌铜煤铁及宝石等，皆为泰国有名之特产也。余于欣赏一路风景之余，对于佛国福人福地之感想，尤有不已于言者。正是：

福地福人皆善果，佛缘到处有奇因。
天生万物滋养德，无不蓄藏四季珍。

途中，李君并为余言，万佛岁紫峰阁创在山庄之左，每逢月望之夜，诸友及当地善信①皆依期而

① “善信”，原文讹为“相信”。

聚，一以参拜诸佛仙尊，一以赏月聚欢联络感情，诚盛事也。近日政府当局在其山右，且在兴建大佛像，以为二千五百年佛诞之纪念品。将来万佛岁之繁荣，更与此山之胜事并臻矣。

车行二小时许，而万佛岁之屏山，已在眼帘矣。余于记忆力中，仿佛所见各物，仅隔别朝夕而已。正是：

数年隔别客，已是貌苍然。
但见青山绿，不知世事迁。

此时车行至如来观下，即停止前进，将车搁于山麓[1]之原，然后相与出车，而沿石级登山焉。往昔到此，并尢石级可走，仅可攀山路而行，甚感不便，此时则有人建之石级，而十数丈高之山顶，在数百级之步行中，不感困难而到达矣。正是：

① “山麓”，原文讹为“山辘”。

登山观胜迹，常怕蜀道难。
既得方便径，信步抵高峦。

万佛岁山水甲暹罗。华侨之笃信山水者，大都在此地择取墓地，以为归葬祖宗骨骸，或为自身牛眠预备之吉穴，即俗言之“生基”也。蚁翁于甲午岁即在是山物取山地，以为营葬其先室及为自己百年后归息之处。此地，时师誉为“狮子戏球”，甚见其气象之峥嵘。姑不言其玄妙之吉福如何，只观其四周钟灵伟巍之形势，可以令人肃然起敬。况湄江胜景，一目无遗，山光水色，西揖娘美，既可游目骋怀[①]，他日子孙孳盛，当乐为四时祭扫，来赏胜地者。其由山下以至山腰坟场之石级，即蚁翁为利便游客而建筑者也。正是：

千山万水觅奇龙，此地钟灵毓秀宗。
三面青松朝玉寺，一方银海接天峰。

① “骋怀”，原文讹为“聘怀”。

凭观狮子为球戏，雄视湄公作佛容。
岁岁风光临庆赏，年年胜景喜相逢。

余于甲午季夏由星返港，经暹之时，蚁翁即邀余至此一览胜景。当时车抵山场时，即瞥见有“如来观”之名称，盖其山上佛寺之名称也。狮子山原，即系该寺之上端，故登此峰，必经此寺道也。其入道处，系有“马足车尘，世路不知何处尽；岩花涧月，禅心应自此中生”之联对。不胜为此山深留无限印象，盖其寺名与对联虽别有涵义，而首尾暗藏“马”“生”二字，以及刻画仆仆[①]风尘之人生观，好似留为余说法者，不禁愕然者久之。此时触景生情，尝为一诗云：

魁莪独立戏狮球，万象庄严胜景幽。
左拥青龙峦滚滚，右怀白虎气悠悠。

① “仆仆”，原文作“朴朴”，以下迳改。

马足车尘方方集，岩花涧月处处修。

几回到此应有定，仆仆星槟①又经游。

此次赴棉经暹，不期所谓岩花涧月者，又有所悟。盖蚁翁得灵芝草于是山，是即岩花之应瑞；而紫峰阅每逢望期之聚临，亦即涧月之祥符。余亦何幸？得蚁翁之分瑞，而再临涧月之赏览乎？万里胜缘，有若二千五百年之盛逢也。正是：

马足何临此？车尘仆仆催。

岩花应瑞草，涧月映紫台。

世路登斯极，禅心到此才。

好生天地德，处处拥如来。

此时旧地重游，重新②观览狮子戏球之雄风，再观赏紫峰阁屹然玉立之形势，不禁别有一番滋味。正是：

---

① "星槟"，原文作"星栟"。

② "重新"，原文作"从新"。

千里胜缘朝万佛，紫峰山上白云悬。
浩然一片连江水，卓尔四围接海天。
赤日行空兴碧浪，清风拂面绕衣肩。
谪仙①到此能增兴，锦绣河山亦悟禅。

紫峰阁在蚁宅山原之左，其坐朝向案，山峰叠叠，如置身锦绣画中；其阳埕广阔，足驻千人盛会。李君告余言："是阁已成当地胜景，凡远客到本境者，必游玩至此，以观览峰山秀色也。他日时缘成熟，必能为地方福利事业之推进，而有不胜乐观者。"余甚敬其抱怀之伟大焉，因有感而赋曰：

人间多少浮华梦，无处光明是与非。
君志能将风俗振，令名自得世情归。
焕然慧智增缘觉，卓绝精诚显奥微。
富贵荣华难足望，何如千载紫峰巍。

余等在阁中依恋徘徊者几一小时之久，乃转而

① "谪仙"，原文讹为"摘仙"。

入如来观中，与主持僧会晤。蚁君与李君侨暹已久，故对于敬事僧人之礼，一如暹人之规矩。余系游客，未惯习例，但亦以华人合十[①]之敬礼向和尚致敬之。和尚经蚁君之介绍，知余系外宾，亦以合十之礼回答，并延坐，以茶款客。余观和尚，虽隔别三年，但风度与精神，依然如旧，唯其寺观，则比前之建筑更为宽敞庄严焉。正是：

庄严自在着黄衣，一片禅心订机微。
免却人间短长事，如来观上不思归。

在李君代为译词中，和尚亦记得三年前尝与余会晤者，故再次表示欣慰。余等因时间不早，乃向和尚辞别。顺途又在建矗大佛像之所在地瞻仰一番，因尚在兴工中，故无足记叙之事，唯有待之后缘而已。正是：

① “合十”，原文作“合什”，以下迳改。

胜缘万里能重聚，有若十年四次催。
此时禅妙开夙愿，他日佛光又如来。

胜缘万里仰如来，十载湄江几次回。
夙愿何时悟妙谛①，长游佛国不须猜。

① “妙谛”，原文讹为“妙缔”，以下迳改。

卷二一　南游怀感·怀泰棉诸友

自 题

平生意志与人殊，踏破铁鞋探太虚。
至德通神吾岂敢，立身行道自知怯①。
交游欲得非常士，问世愿为大觉书。
逸致感怀三百首，装成尺寸代双鱼。

① “怯”，稿本《南游怀感（二集)》原文讹为“祛”。

《南游怀感》自序[①]

丁酉仲春，如因商务，有暹棉之行，因承机再赴马来亚，作旧地重游之举；乃于季春由棉返暹参加当地两千五百年半佛劫盛典之翌日，再抵星洲，沿途而周游星马各处。先后所到地方，旧雨新知，群相错爱，慰勉有加，不禁感慨万分。回港后，时思各友盛谊，脑海中不禁充溢无限印象，拈笔写出七言三百余首，而分别有《怀星马诸友》《怀泰棉诸友》及《暹棉星马各地杂咏》，名曰“南游怀感”，置之案头，犹与诸友仍会一堂然。谚云“自己文章不知丑”，但以献之吾之亲友，略表怀念之微忱，借以抛砖引玉，多得大雅之指正，而惠吾琳琅佳章，假光生色，亦非无相当之意义。嗟乎[②]！李杜久没，韩苏难闻。海外荒学，井蛙常困。吾师杨柳，稔载于兹。毛椎初试，厚颜何似。世之君子，希为指正之，则幸甚矣。

时丁酉季夏，贵德马翰如书于香江。

---

① 原文作“自序”。

② “嗟乎”，原文作“嗟呼”，以下迳改。

寄林君修悟（一）[①]

柴珍风致饶幽景，海市逸情富美诗。
每饱山光瞻日起，时眠月色醉波湄。
呼儿采集时珍品，侍婢制成适口滋。
三篇德典同聚诵，客中最喜得相知。

寄林君修悟（二）

三生有幸逢佳节，千里夙缘再聚游。
玉佛寺中欣共座，湄江河上乐同舟。
禅心常在玄辰境，健志克成太极猷。
长忆柴珍椰糖味，青山绿水景悠悠。

① 稿本原文阙题，编校者据诗意及下诗拟题。

寄林君圣韬（一）

方过佛节驾星洲，扎扎机声载月游。
万里长风增壮气，千山巨浪尽低头。
浮灵不阻冲天翼，密露远迎远客休。
如鸟人生奚我似，马来逸致自悠悠。

寄林君圣韬（二）

林泉逸致自翩翩，立志幽闲学谪仙。
文质奇华追李杜，精神异采忆秦燕。
溶溶秋月融融夜，蔼蔼春风霭霭天。
描尽君怀千万里，一片雄心不期然。

寄萧君锦锡（一）

锦绣[①]胸怀慈悲境，经纶满腹翠亨村。

人间淑气真诚感，世上英雄正气论。

千紫万红同色色，九州四海共元元。

神交何必谈远表，立德精神便足尊。

寄萧君锦锡（二）

应论佛国富奇缘，人杰地灵别有天。

济世存心凭夙慧，修身立德本自然。

精诚常感神鸾动，至义更邀圣驾延。

福禄祥全金玉约，紫真阁上姓名传。

① “锦绣”，原文作“锦秀”。

寄黄君德鲁（一）

乐山乐水乐天然，逸致幽闲似地仙。
俗脸俗情非俗志，傻头傻脑不傻贤。
真机奥妙藏胸腑，变化殊常感圣贤。
莫道人间知己少，白云深处广奇缘。

寄黄君德鲁（二）

莫非宿命掌神缘，济世何妨化假颠。
至德通玄存妙理，精诚觉顽有真诠。
万家生佛扬名教，一念菩提系重肩。
意会何如同吾相，白云深处妙证禅。

寄陈君毓生（一）

廿载浮沉京华梦，此生意志岂消然？
真机一片谁能悟，逸致三分我自仙。
景福寺中存雪爪，玄辰堂上订盛缘。
永恒其德非常义，更有湄江水绵绵。

寄陈君毓生（二）

自是夙缘寄此生，会通玄理入精明。
紫真阁上留奇迹，三宝殿前感异诚。
廿载浮沉名利梦，一朝悟觉是非程。
不逢烈火从头炼，难得锋芒立道行。

寄陈君毓生（三）

冥冥数理有推排，佛国因缘到处杯。
君是进神天赦日，志同华盖地仙才。
浮沉得失常如梦，富贵荣枯几欲灰。
有道亨衢通极乐，莫蹉岁月自徘徊。

寄蚁君学予（一）

千里胜缘朝万佛，紫峰山上白云悬。
浩然一片连江水，卓绝四围接海天。
银月行空兴碧浪，金风迎客拂衣牵。
谪仙到此亦增兴，锦绣画堂不计钱。

寄蚁君学予（二）

人生富贵本无常，瑞报分晓祖德昌。
君子立身当积善，士夫行道定获祥。
学予易得中兴志，伟抱自能奋发商。
不信且看江上水，一波推去一波长。

寄李君世焕（一）

人间不少荒唐事，无处光明说是非。
潜志常为风俗感，立身安得世情归。
焕然慧智增缘觉，卓尔精诚显奥微。
富贵荣华不可久，何如千载紫峰巍。

寄李君世焕（二）

紫峰胜景喜君开，万佛岁中焕锦台。

杨柳飘飘成逸致，白云霭霭送如来。

觉缘世上菩提种，立德人间大志才。

南国紫鸾光耀处，无边风月任徘徊。

寄林君木泉

森森林木蔚苍华，满目青松杨柳遮。

泉水涓涓非战鼓，鸟声历历没征笳。

天然一片清幽景，奇抱四围碧绿家。

我欲长歌明月夜，与君逸致寄天涯。

寄杨君映辉

银波荡漾赏秋辉，天上人间两不违。
月有彩华增玉色，水无风浪显清晖。
杨柳低垂轻轻拂，楼台矗立寂寂围。
万家灯火相映处，无限星光满江飞。

寄余君清远

万里长天一色空，清晖到处百方同。
河山遥远思君近，松竹比邻忆客隆。
逸致有如秋菊雅，闲情莫若夏莲上。
余志愿为天仙子，吟风弄月似葛翁。

寄陈君上葵

向日葵花知紫贵，岭上英风寄菲微。
欲赏湖光因求舫，未明海色故挟衣。
清心清寂同水定，逸致扶摇似云飞。
万里长天逍遥境，几时与君载月归。

寄钟君荣章（一）

重金难聘名贤贵，不是虚荣便动人。
德义文章千载业，精神意志四时春。
钟离得道名犹在，铁拐成仙事不泯。
同是紫门休逸客，相逢到处自亲亲。

寄钟君荣章（二）

千里金言赛宝章，一堂瑞气喜朝阳。
人生百岁任他变，意志一时莫我商。
竞[1]美春花难久赏，争鸣夏鸟易早殇。
何如李杜诗千首，明月清风到处香。

寄陈君大壮

浩然正气充天地，百世英名震太空。
壮穆精忠神鬼泣，云长尽义古今崇。
仲尼日月垂师表，大禹山河立伟风。
怀感德馨千里外，兴文振武意无穷。

---

① “竞”，原文作“竟”。

寄余君作舟（一）

余志同君愿作舟，渡人渡世出洪涛。

不计狂风和暴雨，那惊急浪与洪流。

大功常在难中得，深义自非易中求。

不信且看如来佛，雪山说法四九周。

寄余君作舟（二）

万里云天不见涯，沧然一粟托空怀。

无边风月任君赏，有缘慧觉到处偕。

伏浪奇波增美致，平心静气起和嗜。

普教世上明公愿，立德人间众口碑。

寄余君铭丰

自是清闲逸致高，铭心刻制论英豪。
汤盘立德新新义，周鼎兴文衮衮韬。
伟绩丰功千载在，名言巨著万年叨。
余生乱世无他憾，翰墨因缘宝刀逊。

寄张君书善

一部善书称玉历，万年警惕化人间。
慈悲渡世凭仁智，慷慨为怀允经纶。
立德不同凡俗志，存心自比圣贤闲。
太平盛世何时见？紫气东来满汉关。

寄杜君旭先

土木工程非我识，光生怀志亦同商。
九天玄女神仙说，万载蚩尤史籍扬。
无意吟诗偏得句，有心培柳自成庄。
旭光已在东方起，紫气团团照故乡。

寄沈君永炎

炎炎世情多势利，金钱万恶最堪嗔。
千杯美酒当雄誉，百句良言等朽尘。
得志亲朋皆枉顾，失时知音总成泯。
感怀不胜虚荣叹，永志君名作宝珍。

寄马君作人

天地不仁人作马，劳劳碌碌孰能闲？
幼年努力殷勤学，老大用心逐渐斑。
教养儿曹几费脑，扶持亲友亦羞颜。
于今我志同君愿，将马做人一样还。

寄罗君作根

一棵大树赖根深，千丈高楼固础砧。
八德四维人作范，三才七政岁为参。
包罗万象乾坤数，囊括九筹福禄寻。
皇极羲爻何处验？南韩旗帜半知音。

寄萧君扬舟

乘风破浪万里游，一片汪洋驾五洲。
满目银波无限望，整天星月有缘求；
浩然意志多吟兴，豁尔人间少俗忧。
载载歌舞任荡漾，恰如孟德乐悠悠。

寄李君人初

初初认识未知音，桃李欲熟反易寻。
人事远离非素愿，世情得失不堪斟。
每观荣辱随时变，故觉兴衰瞬眼临。
唯有竹园长绿树，能培善果保森森。

寄钟君信诚

人言信石叫砒霜，此药神功能治癌。
性质非常真剧烈，用途仔细莫乱参。
五湖四海为商约，一诺千里作议函。
信是精诚宜审慎，欣逢佛国仰君湛。

寄林君居木

茂林盛木蔚奇观，百鸟归巢竞集团。
叶蔽阳光成幽谷，花摇月影上香坛。
清风不扰黄莺舞，野草常教玉露弹。
千树桃花隐约处，芬芳馥气惹人看。

寄陈君家泽

丽泽群生天地义，家家户户乐升平。
四时共畅荣荣色，万愿咸欣款款情。
月爱秋凉加倍亮，花因春暖十分英。
多情最是冬天日，夏雨甘霖到处清。

寄李君成吾

谁人仗义成吾愿，海角天涯不易寻。
花非春暖难郁盛，月是秋凉最清沁。
日里何须兴灯烛，暑中枉费送袄衾。
世情刻薄浑不管，意志健强自足斟。

寄许君云生

云天无际众飞程，瞬眼光阴万里行。
客感疲劳疏懒话，主欣久别重豪情。
京华好景方方赏，玉寺风光处处迎。
莫道夙缘非易遇，我生何幸与君朋。

寄徐君锥臣

莫笑苏秦锥刺股，杀机一语令妇嗤。
一朝六国齐封相，百里双亲赶认儿。
嫂亦匍行低头望，朋争握手举眼窥。
人世荣辱从来是，得意无忘失意时。

寄陈君坤泽

鸡鸣又是天将亮，世事浮沉岁月移。
白发原来华发变，少年过去老年时。
千金散尽难回聚，万顷功业惹人思。
自古英雄空寂寂，几个功业惹人思。

寄吴君素钦

素性好为休逸志，最钦仁智达观人。
清风拂面迎杨柳，明月当头赏碧珍。
探日极峰忘峻岭，望星天际记远烟。
万花台上丹桂藉，不与寻常争精神。

寄钟君玉麟

春秋笔伐叹麟章，周鼎钟文百世扬。
玉版无辜秦火乱，金珰有幸汉冠镶。
名士风流唐寅辈，英雄意志岳武乡。
为君畅说今古史，别有奇观悦人肠。

寄丘君玉尺

玉尺量才临典试，谪仙诗句惹人吟。
名随风度欣然敬，德本采仪肃尔钦。
不是文华能饰福，全凭神识结知音。
喜君乐德多饶致，聊作俚词寄雅斟。

寄丘君玉定

君子立身同玉定，精诚纯朴乏瑕沾。
连城价值无轻估，一诺千金有尊严。
处事和平存善让，待人隐健宅仁谦。
常成美举施人急，自得乐观赋性淡。

寄姚君芳远

庸庸碌碌叹人生，五岁三临泰国行。
兄已苍苍颜欲老，弟亦朴朴发多更。
田园寥落家难聚，意志踌躇业未成。
何日唐山能相会？异邦此际且歌笙。

寄吴君介标

世事转移何足判，升沉圆缺太阴然。
昔时拘束非因地，今日自由应乐天。
际遇无常全赖志，夙缘有定自在肩。
介怀千里多益友，莫负东风忆高棉。

寄马君木宣

异邦幸遇识同宗，无事不谈意志融。
莫叹年轻遭世变，须知福晚故先穷。
能明锻炼循环理，自得兴谋应世功。
天降大任教苦志，他山有玉足相攻。

寄林君有青

千里湄江赏碧霞，天然胜景入君家。
银波荡漾绕屏寺，玉浪浮沉载锦艖。
明月满堂灯色淡，清风一室乐声和。
情天有意齐人福，绿水青山两不差。

寄陈君苍璧

苍苍生意满人间，万物荣华莫自闲。
春到百花齐争艳，夏来千果竞成山。
世情扰攘无时静，事理昭然尽日娴。
珍爱身家如玉璧，任教湄水永潺潺。

寄陈君锦璇

甲午京华欣聚首，几番盛谊见高风。
夙缘不问天涯远，有志可寻海角通。
金玉名言常记忆，精诚怀抱弗忘衷。
何时能达归旋志，同整故园乐意融。

寄陈君芝强

谈玄论紫释玄机，神志相交自不违。
世事浮沉庸俗见，人情荣辱是非归。
慈悲博爱培良德，慷慨宏仁种善威。
泰来否去应易运，吾与先生乐园闱。

寄李君仲猷[①]

自强不息天行健，乾卦分明九五尊。
君子精神龙马壮，丈夫意志剑琴吞。
芝兰气概芬芳径，松菊襟怀逸致门。
潜养天真涵至德，神仙何处不掀轩。

寄苏君邃岩（一）

八首律诗吟太极，畅怀武德示玄功。
三峰奇诀存蛇雀，五柳逸情化困穷。
把握元神通妙窃，任教意识出奇聪。
精湛学术推翘楚，不愧名门气象隆。

① 稿本原题“寄陈君芝强”，马氏涂去“陈君芝强”四字，并于其侧另书“李仲猷”三字，编校者按全文体例，于“李”字后补“君”字。

寄苏君邃岩（二）

允文允武君邃学，商战场上有奇苏。
意志不让汪辉祖，抱怀应似陆秀夫。
阐扬奥义明得失，布化神功窥荣枯。
我羡杨门英豪气，春风桃李满泰都。

寄董君虎岭

自是君家豪侠志，祖传太极世人珍。
应缘走马京华境，历聘上林海市宾。
桃李春风熏满座，拳刀剑战饱精神。
转移武道成柔术，广益人群入寿民。
三年苦工振英杰，一志教练感士绅。
到处屈伸为健体，无方退却自修身。
雄图虎岭真相似，宏划派流成不泯。
今日重逢无限意，湄江流水浪频频。

卷三　南游怀感·怀星马诸友

寄郑君庆谋（一）[①]

胜缘千里庆筵开，吉里山光戴月陪。
客感情隆生愧色，主忘夜深复高杯。
矗空长桄凭空望，入座清风驾海来。
欢乐一堂同异国，几人欲醉不思回。

寄郑君庆谋（二）[②]

感君盛德飞星马，万里驰驱志不灰。
遍赏海光观月上，周游绿野送潮回。
浓情好比春江水，厚谊恰如夏日槐。
愧我庸庸难立德，徒叨鲍叔酒千杯。

---

① 排印本《南游怀感（上集）》原文（下迳称“原文”）无“一”字，编校者据下诗拟题补“一”字。

② 原文阙题，编校者据该诗与上诗诗意、诗韵对勘而拟题。

寄蔡君敬三

应是三生有夙缘，青萍结聚不须牵。
会临六甲君同客，宿到京郊我共筵。
深夜健谈神不倦，清晨惜别意犹缠。
最难得是麻坡约，清风明月伴客前。

寄郑蔡二君

六甲生辰同岁月，两公意志有神奇。
昔年同渡南洋境，今日并肩紫阁楣。
人说先生培正气，我言季叔悟玄机。
因明风格非常士，脱颖人间自相知。

寄蔡君奇正（一）[1]

尝闻兵法有奇正，奇正相生利不穷。
未识范仪奇正义，比亲德宇异殊聪。
松林逸致饶风趣，竹院清幽富天工。
应是元龙楼百尺，君家豪气自融融。

寄蔡君奇正（二）

闻君立愿作慈帆，每得奇赢济一方。
礼仪传家称孝友，谦和应世允平康。
紫光万里凭神注，正气千秋赖德扬。
独占梅花同雪白，济阳郡里满城香。

① 原文无“一”字，据下诗酌补。

寄杨君柳青[1]

杨柳旧知六甲来，不辞千里醉高杯。
契机话语精神爽，协恰文思意志开。
莫笑沧桑奔赤白，且观华发逐霜灰。
闲情好比湄江水，流尽南洋去又回。

寄吴君琴谱

天生善骨好神仙，丝竹知音感自然。
画谱无心为汉楚，吟诗有意付婵娟。
风花不动清高志，雪月何关扰攘天。
每念君名多逸致，松泉乐趣入秋弦。

---

① 原文作“杨柳青君”，编校者按全文体例订正。

寄苏君书杰

三苏文墨忆东坡[①]，无限思潮赏月娥。
同样古城光雪雪，却离万里意梭梭。
长亭杨柳良驹动，锦绣河山宝剑磨。
何日重逢豪侠客？春风满面笑婆娑。

寄范君伯禹[②]

仲淹立德奇为相，更比良医亦济人。
伯乐成名能识马，展禽轻鼎在知仁。
一胸星宿从谁系？万象虚玄纵意陈。
愧我疲驽尘仆仆，不堪率教话洪钧。

① “东坡”，原文讹为“东波”。
② 原文作“范伯禹君”，编校者按全文体例订正。

寄吴君祝慧

神仙事业最难为，日日云游作假痴。
处处救危拯困厄，方方布道立纲维。
人人求祝施恩福，屡屡任劳招怨疑。
慧识如君能悟觉，延陵世泽复何思？

寄吴君芳鹤[①]

尝闻有德天常佑，绿野无方不草坛。
谁怪神仙乘鹤驾，吾羞帝子困金銮。
春风桃李三千盛，紫气祥光六甲团。
最羡君家名字逸，天涯海角任盘桓。

① 原文作“吴芳鹤君”，编校者按全文体例订正。

寄陈君如海

如是我闻皆佛说，慈悲济世秉天聪。
观音南海菩提品，见识人间夙慧通。
万念澄清真理智，一波动乱便濛胧。
胸怀欲得划船量，愿学君名下苦工。

寄吴君仲坦[①]

人中豪杰世难求，不意萍逢醉庆谋。
坦坦道途同德径，欣欣生意异凡俦。
望洋兴叹家乡远，举掌振谈故国羞。
大地归春何日是？马来六甲且优游。

① 原文作“吴仲坦君”，编校者按全文体例订正。

寄温君虎幹

令闻令名称虎幹，多怀畏惧羡威颜。
比亲仪范蔼然貌，顿觉性天静似山。
无限恩情思菽水，有缘宿志忆乡关。
万家生佛如公愿，不负德门仰望殷。

寄黄君天海[①]

海阔天空任客游，浩然意气溢星洲。
君名饶有清幽感，众志盍无远伟猷？
莫谓东篱黄菊瘦，敢言玉厥白云休。
相逢此日当歌夜，无限思潮醉庆楼。

① 原文作“黄天海君”，编校者按全文体例订正。

寄黄君坤云[①]

千里应邀醉紫杯，三生有幸识贤台。
漫谈星马欣欣色，只论华巫衮衮才。
黄老神仙非吾说，昆山玉石仰公开。
多情最是东君到，一片真机作月媒。

寄陈君任才

任德在天凭大志，艰辛历尽恰天心。
才华不负人间赏，意识长留世上钦。
处处清风常相拂，方方明月作知音。
殷勤陈说华都梦，毕竟好诗最易吟。

① 原文作“黄坤云君”，编校者按全文体例订正。

寄杨君大金

葵潭风景尝观赏，屈指离乡十八年。
甲子于今观历数，神前此日质奇缘。
一篇玉论增华色，数句金声动客弦。
愧我蹉跎经岁月，香江思念意绵绵。

寄蔡君盛名

未得盛名蕴盛名，知君立志圣贤程。
自古帝王多休寂，于今豪杰少起鸣。
千秋独有仲尼子，万世长留太白卿。
我愿德风传宇宙，同光青史永无倾。

寄陈君俊三

稀奇正月方初一，大地更新喜获麟。
不意四余推戊子，方知七政未交春。
一生富贵常如梦，半世沉浮浑似尘。
勘破[1]五行真妙理，千秋德业润君身。

寄张君锡山

我闻马来富锡山，君怀八斗寄人间。
书中金屋藏千宝，座上春风化百蛮。
万里神交私衷积，寸丹默志教念殷。
欲写平生崇德志，毛椎却嫌鲜经纶。

① “勘破”，原文作“斟破”，以下迳改。

寄陆君海源[1]

闽粤边疆同海陆，源流细厥本乡亲。
语言一样无疏隔，物俗通常有夙因。
结伴南游多志愿，经营星马少怨嗔。
逢君万里知缘好，无限程途识路人。

寄黄君家璠

常记君家璠玉质，温存文雅惹人亲。
古城风致同欣赏，德宇范仪不患贫。
昔岁逅逢容耿耿，今年重聚色彬彬。
云程千里仍相别，唯有思潮忆道轩。

① 原文作“陆海源君”，编校者按全文体例订正。

寄郑君智魁（一）[①]

练江胜景文光塔，矗立县心作桅韦。
历代魁奇天下重，近朝文物世间稀。
经管海外多名智，散布寰围少贱微。
信是南阳隐逸客，凤鸣万里看璇玑。

寄郑君智魁（二）

风尘仆仆客戎丹，衮衮时缘最不忘。
相见依依宁恨晚，违离怅怅竟含酸。
光华吾亦思先哲，耀德君当树云坛。
十年神交无限话，清风明月任盘桓[②]。

---

① “寄郑君智魁（一）”，原文作“寄郑君智魁”，编校者按全文体例及下诗酌补。

② “盘桓”，原文作“盘恒”。

寄周君修文

环游泰越入星洲，逆旅欣逢同客酬。
怡保无心明去志，槟城有意早来游。
扯旗山上迎风浴，极乐寺前赏月浮。
万里怀思只片纸，殷勤折柳仰君猷。

寄马君友恭

银青世泽忝同宗，德谊更添友致浓。
乍话乡情欣幸遇，兴谈夙愿叹奇逢。
和平蕴意温醇味，信义立家孝悌风。
握别机场重怅怅，云天万里益思恭。

寄林君良耀[1]

萍游万里喜良朋，槟屿风光未见冰。
谈吐方知君豪侠，周旋自愧我鲜能。
高情好比槟城月，雅致不忘海外鹏。
每忆清标思远客，双鱼尺寸费称赠。

寄陈君炎坤

炎阳南国不常游，不意槟城志再酬。
欣识范仪偿素望，祇聆教益慰私求。
酝醇酒味留香舌，耿直风情寄脑丘。
怀抱自然幽逸志，天涯海角白悠悠。

① 原文作“林良耀君”，编校者按全文体例订正。

寄陈君侃淳

有缘何必求相识，一夜倾谈订友盟。
巧艺眩人凭慧智，美文动众叹奇英。
有心世道思陈蕴，无意浮图习许行。
了澈人生真妙谛，浩然志气胜千兵。

寄洪君镇安

镇日安闲杨柳伴，清风明月寄青春。
槟城夜色山迷目，榔屿风光水可人。
雅致从无公子习，襟怀别有大悲因。
深机常在无为境，自笑红尘碌碌身。

寄马君化从

神马负图河洛数，玄机妙算袖中天。
追崇至德从真理，善化仁心入大仙。
救世无分贫贱级，济人有仰后先缘。
莫教群龙嗟无首，自是圆通到处然。

寄许君锡池

丝竹知音何处觅？槟城夜月映长堤。
兴歌古府升平乐，合唱名词百里奚。
有缘椰栳常作伴，无限山光不为迷。
琵琶欲表游子志，紫云万里与天齐。

寄陈君哲明

哲学深微不易精，我思立德访先生。
三年小别经怡保，一愿长偿赏紫明。
星马千秋垂典范，芳楼百世展英名。
因风怀念吟诗草，犹记玉清掬至诚。

寄陈君一源

寻源千里探晖微，一色海天驾叶飞。
把赏紫云悬椰栳，环观绿野绣锦薇。
槟城浓致穷诗笔，狮岛英风富画机。
我欲收藏天下景，与君共醉赏菲菲。

寄李君淑叶

芬芳淑气聚明坛，千里逢君志不单。
李白有诗常感月，唐寅无画不思翰。
但教花好人长寿，最爱事亨物永安。
何日再游三宝洞，与君一叶渡江看。

寄关君常培

关怀逆旅孤单客，常驾轻车作伴游。
三宝洞中评素饮，八仙台上品珍馐①。
湄江流域同薰化，怡保②风情共赏求。
兴筑竹桥凭众力，欣看杨柳及时修。

---

① “珍馐”，原文作“珍羞”。
② “怡保”，原文作“怡堡”。

寄叶君大来

一株大树卅年培，嘉荫群生叶叶裴。
星马传名钦美德，华巫饮誉景雄才。
三生有幸明明德，百世奇缘紫紫来。
最是高情金玉语，长留脑海记君杯。

寄周君学甫

周游南北逐云飞，欲学谪仙赋月归。
星影无心逢风雨，银波有意乱碧辉。
天然一幅松樵景，忽尔半分赤白扉。
淡薄人情浑不管，此身只合太平机。

寄陈君文昭

文字因缘不易寻，万般屈折费研斟。
每通神慧成奇赋，时感真机出异吟。
世上滔滔名利梦，君家脉脉圣贤心！
超凡入化生花笔，千载长留雅颂音。

寄连君喜成

连杯美酒醉行人，喜气满堂说因果。
时雨大来增美话，和风惠畅悦嘉宾。
一轮明月庭前伴，半夜清谈座上珍。
万里云程犹似梦，成宵好景永难泯。

寄梁君树龄（一）[①]

杨柳青青到处修，紫林绿竹任优游。
陶朱富国成公愿，乌获强身教我求。
百岁培才兴汉业，十年树木立华楼。
一声霹雳风云变，无限光明照九洲。

寄梁君树龄（二）

星洲访德走怡槟，千里云程恋紫堂。
时雨向晴迎月色，和风入座送花香。
殷情好比壶中酒，高义赛如席上珍。
最是兴烂更漏际，依依惜别送君行。

① 编校者据下诗酌补“一”字。

寄林君为铭

铭心刻志善为人，不怕邪魔乱性真。
慧智能明玄德义，精诚不怕白云因。
和风明月互无阻，海阔天空自在身。
紫气东来何处是？清阳故事最堪珍。

寄蔡君德仁

以德为邻从古教，仁心仁术我常钦。
经纶天地凭真义，诱化人寰本圣襟。
莫道沧桑多变幻，剧怜世事少知音。
阳关四叠飞离去，万里怀思志草吟。

寄纪君力英

蓬洲楼阁移安顺，霹雳道途迎客归。
座上东风明月志，壶中琼浆蕴玄机。
浑浑世事凭人力，浩浩精神寄德威。
自是快人多快语①，且看变化风云飞。

寄郑君元杰

闻说家乡离别久，风情习俗却依稀。
元宵佳节银花映，端午良辰玉浆飞。
常仰东山泉水美，时思玉峡鲫鱼肥。
多情最是文光塔，日日悬空伴月归。

---

① “快语”，原文作“块语”。

寄林君信予

潮普惠饶同线通，电邮信息快如风。
启予何必寻商子，知我却须待乐翁。
谁识儒林多雅逸？自来橘井少愚蒙。
感君殷实平生义，一纸俚辞寄紫蓬。

寄谢君耀发

一片婆心兴至德，千秋佳话著紫门。
卧龙南亩终归蜀，太祖布衣竟灭元。
四海桴游欣顺境，五洋寄迹喜蓬轩。
英雄魄力何处是？谢君立志建家园。

寄郑君继明

谁继仲尼明至德？悠悠华夏未尝闻。
世风不古浇漓乱，习俗荒唐扰攘纷。
抚剑敢为家园恨，吟诗安感友朋欣。
我歌杨柳枝词曲，无限思潮并寄君。

寄黄君绍昌

绍明气象寄鸿图，今日紫气满处铺。
利港成名奇正义，眉山立德敬三苏。
几多逸致思晚景，不少风流忆华都。
道是昌荣无阻隔，云程万里仰唐虞。

寄陈君喜胖

喜上眉梢欢喜事，谁人不乐少年时？
多才善贾平生志，发奋图强夙愿持。
紫气扬扬征福泽，小心翼翼著宏基。
从来体胖称心宽，自是君家好德施。

寄詹君德榜

瞻仰芳名标德榜，英风奕奕甲星江。
不辞说法凭净土，但悦事功布异邦。
纵论唐虞应有偶，只谈孔孟岂无双。
从来意志能坚恳，顽石点头鬼亦降。

寄吴君宣和

勤宣今德成人范，唯有蔼和到处通。
夏火熊熊难向近，春风阵阵喜相逢。
悠悠歌乐思为舞，振振战笳欲起攻。
变化人情多感化，干戈玉帛两融融。

寄蔡君育豪

莫叹英风久蔽沉，宜将慷慨托知音。
兴谋天下凭真义，培育群伦出至心。
豪气从来无濇色，侠肠自古有好襟。
相逢不必谈相识，意志相孚便足钦。

寄杨君少三

举杯邀月成三饮，李白豪诗最合吟。
休逸人情成素志，放心怀抱自知音。
韩江毓秀推英彦，狮岛夙缘托侠襟。
剑骨琴心书野叟，千里传名令人钦。

寄黄君贻流

贻我清晖到处缘，流云行水赏自然。
风因花好轻轻拂，月遇人违寂寂悬。
千里云程思远志，十年雨露问红棉。
人生聚合常难测，四叠阳关不禁弦。

寄姚君非丹（一）

丹心赤日思英勇，意识刚明异俗商。
每作仲良和事佬[1]，常为师德受唾言。
运筹不让青春志，好义自同侠义肠。
一席畅谈叙世谊，先生应是尊长行。

寄姚君非丹（二）

尧传帝位重传贤，大舜大仁故受禅。
是义可风垂后世，非丹不肖记当年。
读书研史能明澈，论古证今自了然。
久羡先生深学问，命名颖异意绵绵。

① “和事佬”，原文作“和事老”。

寄胡君锡康

康侯锡马称蕃庶，周易卦中占晋辞。
厚往薄来怀弱小，塞速昭德报仪规。
刚明地上因三接，柔进昼中故首离。
谁识孟津安兴义？不期而会八百师！

寄王君开全

开怀畅饮话平生，千里一家便兄弟。
万事常从闲处讲，百情偏向静中倾。
成全只仰经纶志，携手欲寻侠义撑。
芳业功成应示我，吉坡自是喜君鸣。

寄鄞君应时

人生难得在应时，历尽艰辛只自知。
寂寂花香徒惹恼，溶溶月色转生悲。
清风两袖歌雪岭，慧剑一支叹江湄。
休逸莫非弹狭客，愿与君家五湖驰。

寄黄君逸波

文昌故日忆书香，转眼光阴四十年。
万里波流奔雪岛，一生逸致学神仙。
萍逢紫阁论英秀，聚首芳坛数宿贤。
莫道沧桑追远事，依稀晚景在君前。

寄陈君华铭

伟业兴谋只一心，悠悠夙愿今人钦。
华容道上思英勇，白马城前忆赤心。
百世犹师仲尼志，千秋常学伯乐襟。
雄图狮岛平生话，写尽丹青寄好音。

寄陈君顺兴

兴来常作新诗本，顺手拈来便可装。
笔意每从疏上集，文情常在密中藏。
吟山吟水都成画，品月品花即一章。
因识荆仪同道义，走书不觉谪仙①狂。

① “谪仙”，原文讹为“摘仙”。

寄李君少萍

少志萍游千里去，兴家立业雪兰来。
殷殷生意辛勤得，衮衮人情仔细栽。
欣识芳仪同进酒，因亲范德共醉杯。
莫笑俚辞多粗野，寸心常记此一回。

寄李君和亮

春意迎人同客赏，和风镇日送花香。
李因气暖欣生子，桃质欣佻未可郎。
明月枝头疑秋色，浮云山上喜夕阳。
湄山胜景思亮采，雪岛余情忆紫芳。

寄郭君昭成

昭和宫里多春色，富贵荣华萃一家。
不意世移皇室灭，空留荒落野人嗟。
成功何必谈出处，失败便须究正邪。
千秋孝德文举事，便足流芳百世①夸。

寄欧阳培君伉俪

尝读文忠朋党论，每思君子在同心。
名因道义能垂久，福必慈祥可永临。
忍性和肠常免恼，安分守己自无侵。
春风到处人情悦，始信才华世上钦。

① “流芳百世”，原文作“留芳百世”。

寄郑君世仁

百世功名难易得，莫如仁术最堪鸣。
救人不论东西境，济世何辞远近程。
四海一家非说梦，五湖共处自称荣。
闲情常记天边月，休逸无愁战鼓声。

寄蓝君士民

蓝田生玉不虚[①]名，意识才华李杜行。
大地春回真气象，人间物变假虚荣。
杏林隐志存仁德，紫阁缘修著善程。
百草欣欣同逸致，春风自是共争鸣。

---

① “虚”，马贵德在原文右侧校改为“空”。

寄林君应示

应是夙缘约马来，千秋德业共相培。
芳名自古凭身立，紫誉于今仰善栽。
济世虽难掀海力，感神却有救人才。
万家生佛为君勉，水到渠成再醉杯。

寄曾君怀仰

寄怀万里托诗篇，迎我几时再策鞭。
雪味偏知南国好，兰香不比故乡鲜。
芳名应示春风意，德誉不劳远客钱。
相聚何须曾相识，四海交游有天缘。

寄吴君承宗

深承美意醉君杯，促膝谈心话马来。
振业莫非求活计，兴基自是立善培。
殷勤愿作真朋友，发迹不忘旧情怀。
此日相逢无恨晚，却问别后那时回。

寄许君广福

广植福田多吃力，时时任怨又任劳。
关心世事沧桑变，悬念人情苦乐遭。
火热水深常试胆，年荒岁险必挺豪。
几个能悟修道诀，不是功高福不高。

寄曾君广秀

曾从书里广交友，秀气分明千里称。
远志欲明寻道去，近功难得越途登。
因知协力轻轻举，随悟精诚易易腾。
莫羡古来趋炎客，英雄出处有奇能。

寄吴君永璧

为谈赵璧相如史，智勇双全永见珍。
君子不徒空守弱，大夫有识足拒秦。
吴王纵误西施美，范蠡却成勾践辛。
世上无穷奇妙事，能明真理便同神。

寄吴君银树

火树银花元宵夜，辉煌灿烂照人间。
升平有幸家家乐，盛世无邪处处闲。
每忆昔年乡俗美，时嗟近岁世情艰。
同是万灵圆颅士，悲欢不可不相关。

寄陈君国藩

曾观文正书全集，得识伟人意识高。
义理辞章同考据，文章道德共熏陶。
家中细屑常关注，宦里纤微必察毫。
国法家规并济用，名臣功业自滔滔。

寄许君日智

日近长安因可望，长安近日则能操。
许多智慧常难料，不少因缘却[①]易逃。
昔日是非原属李，今天变化却推桃。
君家能悟个中义，万事自然察细毫。

寄杨君永昌

永昌旧郡保山更，府道凉州有一城。
要镇分明三河渡，君名又是二字行。
易言积善多余庆，书记存仁少用兵。
能悟荣华贫贱理，长春富贵自分明。

① “却”，马贵德在原文右侧校改为“更”。

寄陈君立健

万千原子无威力，千百孔耶可挽天。
富贵荣华何足贵[1]？忧愁苦恼只自怜！
奔驰星域邀明月，寄迹人间探淑贤。
立志自同唐李杜，赋诗醉酒不思乡。

寄郑君仰德

仰怀明月悬空际，圆缺升沉自有时。
苦志偏为忧世变，婆心毕竟谁人知？
叹他顽固多招怨，笑我庸驽少染痴。
道路崎岖难易走，相知何处不相宜。

① “贵”，马贵德在原文右侧校改为“恃”。

寄王君克彬

天生耿直善人情，克志和谐到处评。
月圆台上天天赏，人好楼头日日茗。
送客常须先照料，迎亲更要早言明。
香甜乡里君历尽，岂有酸醋忍吞声？

寄黄君兴德伉俪

兴志常为立德谋，素心每在杏林休。
祥云载道三清岭，紫气冲天七大洲。
卿相公侯非吾愿，荣华富贵令谁求？
河图神马玄机赋，不是夙缘不易修。

寄曾君奇权

曾赏三春花盛发，不奇大暑炎凉天。
光明世道还须德，照耀人间不必钱。
权术从来都是假，真机自古莫非仙。
君家别有融和志，闾里相安寄夙缘。

寄薛君德耀

盘德立铭日日新，君明至义自亲亲。
商场常似兵场险，家政何如治政均。
狮岛热风吹杨柳，槟城明月照紫宸。
为寻林木兴云阁，君家意志自可人。

寄李君怀德

久客异邦一样思，坚心立志更相期。
经霜忍雪尝为侣，素隐探颐未学师。
投契便成神笔牍，相孚益感梦花诗。
他年故里重相会，始信殊缘运不迟。

寄陈君松涛

道径崎岖是非多，修缘毕竟有邪磨。
常叹人情虚荣客，每嗟世事实利魔。
超然异俗吾岂敢，变化里仁志同轲。
自是天心明衷曲，闲暇写作逸致歌。

寄蚁君良安

我客暹京访瑞翁，多承宠爱日融融。
我留星马逢台范，君复馐①珍慰鄙躬。
夙缘不是今世有，情感偏同昔生通。
每忆清标常浮脑，何时酬愿谢德风？

寄周君温霖

温和处世赛春风，最似夏霖济世功。
历尽沧桑消长理，遍观世事炎凉宗。
谈心只叹矛盾苦，说笑不言是非衷。
涵养天真葫芦内，天心亦是暗濛濛。

① “馐”，原文作“羞”字。

寄张君汉三

三年小别再星洲，欣看德风满九楼。
世事升沉同月亮，人情厚薄似潮流。
几个能立千秋史，一志克成百世休。
君子论交原似水，云程不阻富宏猷。

寄王君邦杰

邦家盛德在宏猷，王业最须立志修。
古往几多豪杰客，今来不少慈善流。
埋名岂在功劳浅，殁姓反为富贵羞。
不信赤流成浩劫，哪[1]人不是被财忧？

① “哪”，原文作“那”字。

寄王君昌智

光兴周德赖姬昌，革命思潮百世扬。
慧智能知天下事，仁风不觉世间张。
天生杰物原无种，作育人才只在商。
不是深仇家国恨，安寻一怒立朝纲。

寄林君蔚青

青青绿竹蔚成林，最喜忘愁此处修。
宝剑炼成离烈火，英雄难满到黄金。
经霜耐雪苍松德，忍气吞声志士心。
海角天涯知己在，何妨今日缺甘霖。

寄林君瑞深

瑞光满面我逢君，无限情怀感济群。
德到深时无话说，泽临厚处有神分。
新猷丕展千秋志，紫业相成百世闻。
万里遐思只片纸，寸心又是托殷勤。

寄郑君汉强

千里应邀客佛山，同登师约紫台攀。
垂书立德兴玄义，悬史建功报汉关。
晤面未多留印象，感情方洽托经纶。
前程若得杨柳意，朝在香江午南湾。

寄林君振文伉俪

文振汉华百世风，凤鸣千里挺英雄。
君名能洽鸿儒志，我义不同斗屑躬。
一笔万言常自得，倏时成诗似神功。
困途岂在杯水处？直待真机迎祖翁。

寄王君昌荣

意志才华纵夙缘，寸心只合戴尧天。
子龙骁勇称良将，端木鸿图列圣贤。
百紫相成金玉约，五洲共感大仁宣。
人生际遇宜知勉，功到高时自浩然。

寄陈君海三

水天一色逐云波，万里银空亦碧河。
海市蜃楼非幻景，惊涛骇浪比干戈。
洛神有赋留长恨，泡影无踪记顷俄。
旷达如君明世变，德兴楼上且高歌。

寄黄君诒流

诒我清晖到处缘，行云流水寄自然。
风因花好轻轻拂，月遇人违寂寂悬。
万里迢迢思浩汗，百年逐逐似云烟①。
人生聚合常难测，四叠阳关不禁弦。

① “云烟”，原文讹作“云湮”。

寄李君维煌

华堂灯烛赏辉煌，无限逸情寄客乡。
闪闪星光常伴舞，溶溶月色每同行。
临池辍笔①思松雪，醉酒当歌记杜康。
何日重游南国境，与君同上最高岗。

寄郑君学琴

天涯文字谁知己？到处高山有水流。
达意应如虞舜治，停弦何必伯牙忧！
抚琴陶性天然感，击剑健身逸致留。
风雅吾师司马志，文君故事不须酬。

---

① “辍笔”，原文讹作“缀笔”。

寄陈君鉴祥

鉴往知来明今古，穷通得失最关人。
一时得意千时恼，半世苦行百世春。
姜尚有谋能去暴，颜回无忝自安贫。
千秋犹记忠贞事，正气歌应永不泯。

寄刘君希周

平生意志觉希奇，常悔多情惹相思。
每放中流千里浪，时临空际霸王机。
青萍结聚随缘遇，绿绮绕梁送夙知。
莫笑谪仙将进酒，马来何处不相宜？

寄郑君翔骏

世事分明难把握，几个慧觉悟风云？
昔年三国归司马，此日万邦善尔文。
优胜何须论劣败？功高自必感群伦。
贯通南北非舟楫，一纸风行处处闻。

寄邱君福坤

无端环境难窥测，数理奥玄不可猜。
颠倒人情论贵贱，是非世事判愚才。
伤心泪是真诚感，烦恼因为正义催。
将酒解愁愁更聚，算来好似有天排。

寄吴君景孝

至德从来推孝道，景君得志在尊亲。
兴名先赋非常义，处世自成卓绝身。
商战场中称骁勇，群英会上允精神。
偶怀明月思风采，不禁清晖映脑频。

寄冼君卓南

冲洗有方成美术，卓然一幅令人欢。
取材常得彬彬趣，立意巧从逸逸摊。
南国风光多雅致，星洲胜景最乐观。
吾尝叨惠留鸿爪，顾影自题又一翰。

寄柯君益梅

每赏梅花逢雪友，教研色味别浓淡①。
多情应有林和靖，知己还推白玉蟾。
桃李艳芬皆姊妹，竹松苍迈赛慈严。
但笑饶舌王淇子，好说是非惹众嫌。

寄黄君乙斋

平生最喜幽闲致，四壁图书伴画屏。
满径芝兰围绿竹，一堂淑气绕芳馨。
品茗时选观音种，学字常作十七形。
每读春秋三五段，清风明月亦来听。

① “淡”，原文作“谈”字。

寄林君锦程

苍苍绿柳聚松溪，千树梨[1]花绕碧梨。
满径花[2]香迎玉蝶，一山云[3]色接虹霓。
泉声欲与超潮合，鸟语不同海啸齐。
锦绣[4]前程饶逸致，三春风景最堪题。

寄杨君祈敬

仲尼论语言三畏，说易更须主敬心。
君子祈求为定一，英雄仰望在知音。
精明律法寻归隐，勘破世情悟教参。
晚景黄花堪自乐，羡君立德最人钦。

① “梨”，马贵德在原文右侧校改为“桃”。
② “花”，马贵德在原文右侧校改为“清”。
③ “云”，马贵德在原文右侧校改为“丽”。
④ “锦绣”原文作“锦秀”。

寄黄君添树

满园花木竞春芳，几处莺声欲绕梁①。
杨柳飘飘飞岸舞，白云霭霭隐天翔。
莲池雪立亭亭貌，竹院盛陈绿绿装。
吾喜清幽休逸景，每怀明月卧苍苍。

寄杨君开茂

应是春回大地融，花开到处赏芳红。
茂林杨柳无飞絮，深院苍松有逸风。
静坐碧崖听瀑布，时观落日探星空。
弄琴常待明月上，鸟语花香一齐工。

① “绕梁”，原文讹为“浇梁”。

寄杨君海光

平生最喜游山水，处处流连赏海光。
晚汐迂回观月上，晨潮起伏送星行。
一波动荡如雷鼓，万马奔腾似战场。
无限边缘天碧际，银空有意布华堂。

寄林君再霖

久旱最欣甘露临，园林到处水如金。
不徒田谷怡然茂，且赏山花忽尔森。
百物荣华生意好，万家安乐逸情深。
因知世上需时雨，故喜苍天有再霖。

寄林君三德

仁智勇称三达德，仲尼学说最堪师。
丈夫意志能明此，君子精神自得兹。
同是头颅方圆士，何辞肝胆侠义骑？
与君认识非常道，他日驰驱自有时。

寄高君少云

万里长天悬烈日，若无浮云炎阳时。
百花失色因成旱，万物乏神亦感疲。
但若明月天上涌，有如清风世间思。
高怀逸致原堪羡，可惜人情不富奇。

寄蔡君廷辉

三年阔别遇君谈，最觉精神意志湛。
健体有方忘俗虑，立身不失记情惔。
飞车过境真机赋，走马看花奥义涵。
骁勇[①]不殊奇侠士，英雄本色赛迦南。

寄王君智明

世事浮沉不足奇，人情得失最堪思。
装聋作哑常相聚，任智示明反见疑。
君子是非浑不管，丈夫荣辱弗相持。
英雄独立乾坤内，意志无伤自足基。

① “骁勇”，原文作“饶勇”。

寄邹君奋初

奋志南来不计秋，蹉跎岁月惜东流。
炎凉世道宁为恨，伸屈人间莫自愁。
悟觉红尘犹如[1]梦，顿明苦海不如休。
愿将竹桥殷勤造，树立善基晚节游。

寄周君铭传

周室当兴八百年，其中盘鼎最堪传。
称扬有道知盛德，警戒失仁识余愆。
剑阁峰前思子厚，燕然山上忆孟坚。
铭心镂骨谁能此？感念深时自浩然。

---

① “如”，马贵德在原文右侧校改为“似”。

寄李君惠乾

惠我名言留纪念，手书存卷永藏珍。
每思星马良友好，时感泰棉益友亲。
昔日未明玄奥义，此时已识是非因。
即心即佛凭慧智，德音南播喜不泯。

寄黄君三昧

立德立言余岂敢，此中三昧最堪求。
古来富贵皆难久，厥往帝王莫不休。
盛德如龙称老子，大成至圣景尼丘。
国家强弱关教化，黄胄子孙不可羞。

寄沈君雪亭

一片真机临雪景，严寒过尽自春回。
君能安定修亭去，我亦桴游赏竹来。
拓土立基同步伐，御寒避困共主裁。
阳和已在人情内，此日风光最易培。

寄陈君善进

意志分明陈善进，德业南扬赖同仁。
紫气东来称祥瑞，神光下降允福人。
真机一片明济济，奥义千言感新新。
君子立身常能悟，亨衢大道到处亲。

寄李君志秋

意志从来有定评，春秋史实最堪鸣。
仲尼日月经纶誉，鹏举山河海岳声。
君子立心存至善，天人通德自精诚。
古来豪杰今何在？百世光阴不了情。

寄李君传学

三王五帝接春秋，秦汉及唐宋又休。
元去明来如灼石，清亡民替似水流。
五千年史凭中正，一贯德音在善猷。
恩泽方称治人术，君家学术最堪修。

寄沈君玉辉

为德前锋愿比肩，莫负青春笑华年。
君子心田光明地，丈夫意志伟烈天。
震惊万里威望重，掀动千秋果因绵。
玉质持身宜珍贵，辉煌功业半自然。

寄佘君镇业

镇日闲暇喜读书，每因逸致伴钓鱼。
老妻不识池中趣，稚子偏寻岸上蜍。
寄志海天思浩瀚，存情风月悟真如。
人生意志精神好，自比帝王乐有余。

寄庄君松明

苍松满处伴潮生，无限诗情寄远征。
映月波纹推雪浪，临风枝叶戏狐猩。
蓊郁浩然同心结，矗空腾海一志盟。
庄严致逸天地义，吾与先生善为鸣。

寄蔡君松林

每步松林赏月光，无限逸情试槟榔。
万里云天通机奥，千秋佳话记柳杨。
不奇得失常定数，有异荣枯不能详。
毕竟神功非虚妄，紫光正气有妙藏。

寄黄君锦泉

锦上添花不易寻，寒炉加炭有知音；
望梅止渴几人试，画饼充饥不足斟。
物理方方呈脑海，人情处处立脑襟；
苍生苦旱求泉急，我愿甘霖普众任。

寄黄君松财

为德宣扬到马来，因缘别有逸致催。
麻坡会上融融话，紫阁鸾中字字猜。
绿竹潇湘①君子志，青松蓊郁大夫才。
黄金万两难称贵，功业掀天便是财。

① “潇湘”，原文作“萧湘”。

寄陈君得文

十年三聚星洲境，变化鱼龙迥不同。
称美人间能自得，会教世事更相融。
天涯金石留知己，意志精诚寄义风。
勘破盈虚皆数定，千里关怀问谁东？

寄黄君岳文

志同武岳精忠义，直捣黄巢铲恶魁。
道德文章成美誉，干戈玉帛会雄才。
昔年蠖屈羞苏子，他日虎威审郭槐。
世事分明炉火样，能容忍处白玮瑰。

寄卢君炳宁

炳烛夜游乐及时，老年好学最堪师。
恬然自得平生异，清净无为意志奇。
愿习卢敖[①]迎若士，不教范蠡送西施。
何期能会非常望，立德功成赏范仪。

寄潘君少瑜

君子自来称玉质，纯和朴实少疵吹。
心如扁雀兴仁术，志切仲淹活国思。
环境天成炉火局，珍躯炼作剑锋基。
非常事业凭人力，功到高时自足睥[②]。

---

① “卢敖”，原文讹为“虑敖”。
② “睥”，原文讹为“啤”字。

寄李君存心

存心济世学岐黄，南渡星洲不作商。
终日埋头仲景术，成天低首活人方。
力推道德扬仁义，神会文章入柳杨。
自是善缘关二九，艳阳时节贵人乡。

寄张君锦河

尝闻大涧沟名字，便是历城锦绣川。
芍药丛生饶景致，芬梨盛发富天然。
春光明媚多游客，秋色悦人少逸仙。
绝胜山河传万里，几时能得赏婵娟？

寄林君时斌

非文非武数英豪，独立人间志自高。
时代分明论得失，胸怀迥异别衣袍。
世情轻重金能语，风俗是非剑欲操。
闲说往来今古事，峥嵘何处不经劳。

寄李君声标

静夜常听钟摆响，声声标出秒时音。
光阴迅速惊客[①]梦，人事蹉跎愧客临。
去日繁华多转淡，昔年逸致半消沉。
只闻海啸同天籁，岁岁不停结一心。

① “客”，马贵德在原文右侧校改为“荒”。

寄郭君其俊

自有奇方发骏业，莫为环境困其身。
名医名相同功德，立志立心富果因。
扁鹊如神今尚在，华佗比佛古犹亲。
人生学术当千顷，一艺自能到处春。

寄陈君传潮

洪潮掀动困人游，欲渡江河乏小舟。
一片汪洋飞浪起，满山雨意涌云流。
颠狂海啸惊天地，霹雳雷聋[1]震岳丘。
人间造化宁作主？应是虚空展权猷！

---

① “聋”，马贵德在原文右侧校改为“声”。

寄高君景瑚

轻描淡写绘风光，满目河山照夕阳。
无限彩霞迎落日，有情明月接飞觞。
峰高不阻闲云歇，湖静难辞野草扬。
恬然自得幽逸景，一世优游最堪商。

寄黄君炳浩

彪炳功勋思雅志，紫英阁上姓名看。
云绕槟城长堤月，风飘玉寺极乐观。
道生说法挥顽石，柳笔通神走沙盘。
常羡高明率沓株，敢吟诗草合订刊。

寄黄君汉添

万里瑞云映碧丹，千山杨柳引飞鸾。
海天一色空银浪，星月双辉满玉盘。
卿相荣华无此景，神仙逸致有斯坛。
襟怀犹似三江水，渡尽苍生且自宽。

寄萧君扬舟

乘风破浪万里游，一片汪洋驾五洲。
满目银波无限望，整天星月有缘求。
浩然意志多吟兴，豁尔人间少俗忧。
载舞载歌任荡漾，恰如孟德乐悠悠。

寄陈君育茂

航行万里忆行人，世事分明有巧因。
我客星洲同聚会，君回香岛又相亲。
紫新德谱千秋义，怀感集成百世陈。
跨海横空同志趣，何年并驾到天津？

卷四　南游怀感·暹棉星马各地杂咏

佚题（七律十三首）

极目河山任遣游，无边风月一天收；
午经怡保临雪境，夜宿六甲出星洲。
矗空椰栳饶画意，遗古楼城富清幽；
多情最是主人客，日日欢谈作应酬。

道入紫蓬镇日车，一途逸致意欣如；
飘飘椰栳随风舞，轶轶麻房[1]滚地嘘。
山色苍苍云绕树，绿原片片水环芦；
湄公流域多幽景，此地天然又胜墟。

三年小别又京都，何幸恭逢佛节铺；
福运景开迎玉寺，善缘庆集赏浮屠。
千门梵语齐声诵，万国衣冠尽赞呼；
玉帛干戈谁转化？如来说法昔应书。

① “麻房”，疑应为“磨房”。

二千五百年来史，满眼黄衣载道行；
五马路前珠宝树，万佛台上玉瑚灯。
碧空明月腾瑞气，银殿檀香拂紫旌；
顶礼三千称佛号，共祈末劫化升平。

万人空巷赏花车，嘹亮歌声响四墟；
异景勾心惟妙肖，奇珍斗角别假虚。
动他肺腑思为佛，感吾胸怀欲学如；
极乐因缘几世得，大千世界一葫芦。

千载湄江增胜景，欢欣佛典竞龙舟；
银波荡漾旌旗舞，玉桨飞扬金革投。
百片画锦皆古意，千声胡笛尽新猷；
王家兴趣同民始，极乐何须世外求。

无人不识西施美，更识西施祸害多；
颠倒精神常失性，是非理智屡成波。
英雄常受风流阻，志士难逃恶孽磨；
列尽色情悲惨事，算来都是女妖魔。

春秋憾事叹西施，羞煞女流祸水贻；
勾践有心危妇色，夫差无意丧邦基。
千秋难洗春秋恨，百世易为范蠡疑；
吾欲不平为彼讼，丽华自古有须眉。

寻友访朋觅至交，云程千里马来跑；
庆谋余善祥光聚，喜胖无愁苦恼抛。
因得应时名可贵，若非邦杰志难包；
闲情且逸波涛境，洗尽俗尘戏莽蛟。

尧传帝位重传贤，大舜大仁故受禅；
是义可风垂后世，非丹不肖记当年。
读书研史能思索，论古证今自了然；
吾羡先生崇至德，取名颖异意绵绵。

松溪夜月映银波，玉质天生赏翠荷；
云涌碧空星闪闪，风吹绿柳水梭梭。
几声渔笛增天籁，数点萤光富锦罗；
扑鼻花香感丽色，多情燕子正归窝。

锦罗云彩富星辰，万象森严点点因；
闪闪光辉娇钻石，溶溶丽色赛珠珍。
无情雨到常为泪，有恨云来便隐身；
世上几多痴想梦，空羞宝玉惹人怜。

五年三到湄江境，异国观谈叙别衷；
嗟叹人生犹似梦，深伤造化竟如身。
夙缘无意关天定，聚会推排有数逢；
圆缺阴沉皆望月，世情谁说不相同。

《南游怀感》跋

人生奥妙谁能测？变化非常无法识。
唯有情感便成怀，鸿泥雪爪①最难得！
寄怀千里忆高风，星月无天不相同。
屡屡遐思难为默，恰如天籁造化功。
闲情试作怀感歌，一任思潮入笔佗。
无意寻怀怀顷顷，有心成感感沱沱。
怀愁怀乐随时赋，感是感非安所遇。
莫笑多情惹恨多，自古英雄天下慕。
人生可笑莫非怀，得失荣枯喜与乖。
一切浮沉宠辱事，都成思虑苦乐排！
恩怨欢愁何足论？兴亡变化不须叹。
孰为君子孰贤人，意志不同亲戚叛！
慢将成败谈长短，莫误精诚失仗凭。
去日荣华如泡影，今时富贵似霜冰。
新陈代谢不停留，时代巨轮转又周。
春夏秋冬成四季，盈亏圆缺看从头。

---

① “鸿泥雪爪”，原文讹为“鸿尼雪爪”。

感怀千首意何如？举尽人情不胜书。
天涯文字存知己，海角佳音记宿儒。
或为声气求同德，或作词章寄翰墨。
诚到至时动神仙，感临妙处惊佛力！
闲云野鹤志悠悠，流水高山空色色。
万里论交自浩然，大千世界同相得。
兴怀起伏托深衷，无限萦思到处同。
不羡公侯追富贵，愿随日月悬长空。
光辉充满人间境，黑暗驱除气象隆。
百世永留怀感集，良朋不朽共无穷。

旹丁酉年季夏，练江马贵德识于香江羲皇台。

附录

《中国原子哲学》序一[①]

林一辉

立德斋主人马翰如先生，吾棉之医学家也。

余于民国二十七年夏间，由港返乡，偶染时病，得友人介绍先生诊治。既愈，每于暇日，诣先生寓所请益。久之，遂成知交焉。

先生少年英俊，家学渊源，储藏图书甚富，日与古文为友。故其言行，彬彬然有古人之风。先生既通活人术，尤明运命理。盖以中医一道，本于阴阳气化，有诸内则形诸外。望闻问切之义，有关五运六气风鉴之学也。秦越人善医未病，即此理耳。今之业医者，恒缺于斯道。而江湖术士，独为相人。去圣学之义远矣。先生能并重而研究之，是以学术湛精。医以济世，言以信众。岂偶然哉？

当国难间，先生除医务外，闭户读书，求以独

---

① 原载马翰如. 中国原子哲学. 汕头：明德出版社，1946. 1～2.

善其身。遇有挚友，则健谈竟夜，互勉于立德之途。是书所载，多为先生兴致所言，引为观验之资料者。今竟梓行问世。余知一时风行，将有洛阳纸贵之况矣。

子舆氏有言，读其书，不可不知其人。故余特为表出，以为序焉。

中华民国三十四年冬月邑人林一辉敬撰

《中国原子哲学》序二①

徐乐天

吾友马君镇清，粤之潮阳人也，善诗能文。幼年之际，即喜读唐人书，曰："君子之学，不为谪仙，当作退之。"因自号曰"白"，又名"翰如"焉。及长，尤致力于古经典，积十年之研磨，而融会贯通之。居常以道德为友侪勖，而友人亦甚乐近之焉。

君治儒术外，并习医业，曰："医，仁术也。君子不为良相，当作良医。《难经》与《易经》必宜并重焉。"国难中，君能不受生活驱迫者，盖即以岐黄②为业耳。

君学既博，于天人之道，神圣之功，颇有所得。若世间《皇极》《铁板神数》等书，世所罕知者，君均能通晓之。

---

① 原载马翰如．中国原子哲学．汕头：明德出版社，1946．3～4．

② "岐黄"，原文讹为"歧黄"。

斯书之作，不特可以打破三千年来圣人作《易》之谜，而且可为中国固有政治哲学发扬无限光明。吾知君之声名，将随斯书之价值而流传不泯；君之有志于李白、韩愈，将可以并驾而齐驱矣。是以乐为之序焉。

时中华民国三十四年十二月十五日徐乐天敬序

《德教概说》序[①]

陈克华

潮阳马翰如君，字贵德，予多年之益友也。秉性仁厚，学识渊博，精研易理，著作颇多。

三十年来，鉴于邪说泛滥，人欲横流，道德陵夷，廉耻沦丧；认为欲拯众生于陷溺，非施之以德旨，导之以教化不为功。曾著有《中国原子哲学》、《德教概说》、《易元会运》等书，立论正确，诲人不倦。

更以悲天悯人之心，与各方大德协组德教会于香泰星马各地，冀以匡时济世、拨乱反正之宏旨，导众生于向善之路，俾迷途而归正道，同登觉岸，共证善果。

迄今前述南洋星马香泰各地德教诸阁，举办各种慈善事业，福利人群，多赖马君倡导之力。

---

① 原载马贵德. 德教概说（中英泰三语版）. 香港：中华文化学社，1982. 1.

去冬彼由马来港，有关《德教概说》之再版，征序于予。予以马君阐扬德教，唤醒人心，刊印善书，功德无量，爰为之序。

1972 年春于香港